LOCUS

LOCUS

*Home* is where the heart is.

# home 04
## 設計私生活之二 / 放大義大利

[作者] 歐陽應霽
[攝影] 包瑾健
[美術設計] 歐陽應霽
[設計製作] 楊學德
[責任編輯] 李惠貞
[法律顧問] 全理法律事務所董安丹律師
[出版者] 大塊文化出版股份有限公司
台北市105南京東路四段25號11樓
www.locuspublishing.com
**讀者服務專線：0800-006689**
[TEL] (02)87123898　[FAX] (02)87123897
[郵撥帳號] 18955675　[戶名] 大塊文化出版股份有限公司

[總經銷] 大和書報圖書股份有限公司　　[地址] 台北縣三重市大智路139號
[TEL] (02)29818089（代表號）　　[FAX] (02)29883028　29813049
[製版] 瑞豐電腦製版印刷股份有限公司
[初版一刷] 2004年2月
[定價] 新台幣380元
Printed in Taiwan

設計私生活<sub>之二</sub>

# 放大義大利
## *Blow Up Italia*

歐陽應霽◎著

# 放大生活

一向尊崇視作啟蒙導師的義大利導演米開朗基羅・安東尼奧尼於1966年完成的經典電影《Blow Up》，來到中文世界有三個譯名——

一是直譯作《放大》，另兩個分別是《春光乍現》和《春光乍洩》，又現又洩，像加了鹽，又再下醋。

把我們生活在其中的現實，放大再放大，竟是春光無限。

電影中男主角是個攝影師，無聊而又好事的他在陽光明媚的公園中遇到一對神色異常的男女。出於好奇，攝影師偷拍了這對男女的一些親熱照片，想不到卻引來那位女子找上門來百般糾纏，甚至不惜獻身以索回菲林。由此生疑的攝影師馬上把這照片放大數倍，終於被他發現照片裡樹叢中竟躺著一具男屍，而不遠的樹旁更有一個持槍男人。

當天晚上攝影師獨自來到公園，靜寂當中果然在樹叢深處發現了那具男屍，又驚又怕的他急急離開現場，第二天再回去的時候，男屍卻又不見了。

影評人會說，這是一部探討現實與塑造現實之間關係的電影，也挑戰了照片（以及一切記錄）的真實性。我們試圖用種種方法對美麗的未知世界進行探索：用文字，用圖像，用活動的光影，以便把握這個物質世界，但往往也就只是把表象當作現實，而現實常常也只是暫時的局部的。

因為好奇，我們常常在生活中發現這樣好玩那樣不尋常。開始的時候興致勃勃的跟蹤追尋，以為有能力查根究底，但走不了多遠就發覺太複雜太麻煩，結果不了了之。我們面前我們生活中有如此招搖吸引的一項「實物」叫義大利，一直在散發一種比官方旅遊廣告小冊還要精彩萬倍的魅力。無論是我們向義大利走過去還是義大利向我們走過來，我們都不得不承認，義大利，太厲害。

是她的道地美食她的經典電影她的歷史建築她的前衛傢具設計，她的華麗歌劇她的優雅時裝她的實驗文學她的傳統繪畫與雕塑，還有她的醉人風景她的最值得談戀愛的男人女人，只要有了義大利這個標籤，一切都變得有了身份有了地位，好像都得另眼相看。

也就是因為義大利這三個字名氣太大份量太重，叫我們這些經過的觀賞的消費的不禁會問，我面前這一盤carpaccio con parmigiano生牛肉薄片配帕馬基諾乳酪真的是道地的義大利口味嗎？這一套DOLCE & GABBANA貼身薄絨黑西裝穿起來會像義大利西西里男人嗎？這一座由Achille Castiglioni於1962年設計的、由燈飾廠商FLOS生產的Arco地燈，又是如何的為我這個在台北在香港在北京上海的家，營造出一點義大利氛圍？還有的是，每天反覆百次聽的Pavarotti的「我的太陽」(o sole mio)，會有機會學懂義大利文變成拉丁情人嗎？托斯卡尼(Toscana)的艷陽下，費里尼會不會跟帕索里尼在午餐？鄰桌坐的會是自斟自飲的卡爾維諾嗎？遠度重洋來到我們面前展出的聖堂教父喬托

（Giotto）的國寶級壁畫，跟在義大利北部名鎮Padova的Scrovegni教堂看到的原作有何不同？

我們為了親近義大利，我們隆重的穿上她，親暱的咬她一口，溫柔的坐進去，仔細的閱讀，用心的聆聽，來回反覆的重播……我們比一向愛國的義大利人更愛義大利，為這地中海裡的一隻長靴傾出前所未有的熱情，我們眼中的耳邊的口裡的想像中的義大利，究竟是不是我們理想中的義大利？究竟有多真實？

就像安東尼奧尼的電影《放大》裡的攝影師，我在這裡嘗試把我所熱愛的我所觸摸感受得到的義大利放大，再放大。

我很清楚知道我沒有在義大利住上十年八載，我只是十三年來每年到義大利一趟或兩趟，每次逗留不到兩個星期。我得承認我曾經兩趟學義大利文，兩趟都以這個那個時間或者工作的藉口而喊停，到如今依然要用手點菜。我知道我除了有一衣櫃的義大利服裝之外，衣櫥暗處暫時沒有位置多藏一個義大利情人（那個勉強有個義大利姓氏的，也是在美國出生的對義大利比我還陌生的），而義大利眾多的美麗山川景物，至今於我還只是一張一張猶如在夢中的明信片。但我還是滿懷期待把這一切來自義大利的事物，用心的放大放大，企圖看出一個更真確更實在更仔細的義大利。

當然，越是想靠近真實，卻發覺這放大了的義大利就像那張反覆放大了的照片，實質已變為光斑與彩點的結合，由具體物件變異為抽象意識：義大利不再是一碟義大利麵一張義大利椅子一襲義大利裙子，義大利是顏色是光影是形體是味道是聲音，或隱或現，若即若離──不斷的追尋也許是一種先天的悲劇，因此經歷了更多的模糊和不安定，最終發現的是生活的混沌和神秘，「任何的解釋都不及神秘本身有趣」，「在我們內心當中，事物都以霧或影子為背景的光點出現。我們具體的真實世界有鬼魅般抽象的本質」，安東尼奧尼曾經說過。

即使如此，我依然願意繼續這不一定有目的地的旅途，依然興高采烈的把撿拾到的這些義大利生活碎片拼貼出屬於我的義大利，更樂於和大家分享這尋尋覓覓過程中發生的一切──也就是說，當你閱讀我的義大利，你看到的只是別人的義大利，如果要認識這真正的義大利，接近這原來神祕的事物核心，還是得親自上路，展開你的挖掘。

在這個太多偽造和太多謊言的世界裡，我只希望能夠用一種直覺的簡單的方法，把我所感興趣的事，把滋養我長大的人和物，把這好玩的有趣的，都一一的告訴你，從義大利開始，到義大利結束──我們最終可能認識到的義大利，不是遠方的異國，而是一個不斷追求澄徹的自己。

縮小往往令事情太纖巧太銳利太緊張，放大，再放大，是我真正喜歡的模糊、曖昧和從容。

至於 “Blow Up” 的另外一個更直接的意思，就是爆炸。電光火石，地動天搖，爆炸當中種種暴力種種能量種種衝突，又是另一個值得放大的有趣話題。

應霽 2004 年1月

# 義大利顏色

# 還我顏色

從前愛過的，還會重新愛一次嗎？

那一襲送給她的有如一張又厚又重的織絨飛氈的紅色厚絨大衣，其實她從沒有在公開場合穿過，倒是有一趟借出去給時裝設計師朋友講解教學，示眾展覽過。下定決心要買的那一天我們也許瘋了，因為這襲已經減成原價三分之一價錢的大衣，是我十年前月薪的四分之一，也要港幣九千九百六十元正。

這是一襲義大利時裝設計師Romeo Gigli的大衣，左披右搭的，實在沒有一個唯一的正確穿法——一朵過重的大紅花，試穿到最後我只能這樣對她說。

因為迷戀因為熱愛，連人帶物接近瘋狂程度，所以買、買、買。

再翻翻衣櫥裡好久都沒有碰的那一些角落，我們實際擁有過的GIGLI倒真的不少：男裝的女裝的，各種厚的薄的棉的絨的混紡的寬闊長大衣不下十件，襯衫四五件，長褲三條，女裝上衣數款，連袖手套一款，香水兩瓶，眼鏡一副……一下子盤算，那早熟的中產青年的倉促歲月忽然跑回來。

唸書時候上的色彩課著實很沉悶，一天到晚在做顏色明度亮度純度的練習也沒法開竅，倒是畢業幾年後把這頓悟的功勞都歸於GIGLI。在他米蘭的Corso Venezia 11號的兩層專門店裡，我像是第一次知道什麼叫顏色，種種都在面前活潑舞動：土黃、橘橙、藏青、茄紫、孔雀藍、玫紅、草莓紅、水綠、橄欖綠、炭灰、紫金、鐵銀……既是女色也是男色。還有那些誘人伸手觸摸的亮麗物料，那些精巧編織的紋樣圖案，至於那層層疊疊披搭纏繞包裹著身體的造型，夏季的輕柔皺薄冬季的濃重華美，典型的GIGLI風格，替我開了一道

通往彩色世界的大門。恰巧有一趟他真的在店內打點，我還畢恭畢敬聲音顫顫地跟人家打招呼，說了一聲謝謝。

當年身邊的一群男女好友，很少有不掉進GIGLI這個彩色漩渦裡的。加上當年也真的感情豐富，可以從頭到腳都來認真的玩一下。飽滿的顏色誘發出一種成熟自信。一種打破地域界限的時裝世界觀，GIGLI本人太清楚這一切顏色的來龍去脈，說他生性含蓄害臊嘛他其實是個熱情好客的導遊，一旦上了這班車，下一站管它是天國還是地獄。

出身於義大利書商世家的Romeo Gigli，家裡經營絕版古籍買賣，自幼在翻掀那些羊皮紙描金重彩的大部頭古老典籍之際，竟又給他翻出不一樣的彩色新世界。高中畢業之後唸過兩年建築，他就迫不及待地離家遊蕩了。不同一般貪圖逸樂的世家子，六〇年代末期他動身上路，更以印度、中東阿拉伯為目的地，風塵撲面，路上的辛苦是可以想像的。

也就是這前後長達十年的實在有點奢侈的全球漫遊（對不起，是返抵威尼斯雙腿一軟幾乎跌坐在地的馬可波羅嗎？）GIGLI在路上尋覓所得的，就是足夠他享用幾輩子的屬於他方異地的厲害顏色。說不清在往後這些日子裡，是他好好掌控運用著這些流動的顏色，還是他著魔中咒地被這些神奇的顏色所控制，肯定的是這些顏色能量驚人，方圓百里，人仰馬翻。被驚嚇的被感動的被纏身的，不計其數。

恐怕我得趕忙把那近十年沒有穿的GIGLI鏽綠色褲子拿出來，看看這久違了的愛，還在不在。

要回憶當年那一度熱烈的愛如何冷卻下來，實情是有點吊詭的。GIGLI年輕時候闖蕩過的印度和中東地區，自然對我也散發出誘人魅力，一旦踏足，你就知道往後一定會一次又一次地重來。也就是在這些異鄉國度裡，近距離首次跟這些一再出現在GIGLI服飾中的顏色，坦率原始地相處。然後倒真覺得，無論哪個高手如何刻意演繹，其震撼其感染力都不及原來的真原來的美。也許我還是感激GIGLI作為啟蒙導引所起過的作用，但也漸漸跟這些華美優雅的再創造保持相當距離。既然不能不切實際地穿上一件真正原產印度有著傳統款式和布料的長袍或者阿拉伯的連帽長大衣走在我日常的路上，當然也不必死忠GIGLI那隆重得天天像節日的義大利版本異國情調。熱情的瞬間退卻是始料不及的，但也只有懂得放開手，才能再進一步。

因為種種經營架構的重組，Romeo Gigli的品牌在九〇年代中也一度易手他人。然而作為一位認定了自己創作方向和風格的設計師，倒沒有那麼容易敗陣下來。1999年秋季，GIGLI再度出掌Romeo Gigli品牌的藝術總監，接下來的千禧年更重震名聲地在米蘭via Fumagalli有了由舊玩具大型廠房改建的陳列展覽館，再一次驗證了創作這一條漫漫長路上，花火璀璨也只是一時，到最後較量的還是耐力與韌性。

近年在台港兩地的服飾名店中，倒不怎樣看得見Romeo Gigli季度新作的出現，也許這些隔岸的消費者都是貪新善忘的，時裝買手就更是趨炎附勢，把這曾經一度盡領風騷的名字給打進冷宮。還是有心的該跑到米蘭的旗艦店去，或是瀏覽一下那實在做得不錯的網頁，平心而論未有太意外驚喜，但也總算是風采依然——

那一度退減了的繽紛熾熱蠢蠢欲動，彷彿重回1991年在佛羅倫斯 via San Nicolo 大宅門外那個溫暖晚上，那是 GIGLI 新作首度發表會，近兩百名年輕男女穿著同樣多彩的中性服飾，輕鬆愉快地在大宅四周的石子路上赤足走過，然後更騎著單車在大家面前水一般的流過──

夜漸深，模特兒們也不再是模特兒，漸次與圍觀的群眾重新融為一體，身處其中你會忽然發覺，原來你我都是顏色的一部份，是創作的一部份，是過去未來個人集體回憶的一部份。

01. 北非阿拉伯音樂電音新潮，BarDeLune的ARABICA系列是進入異鄉大門的通行證。

02. 1991年秋冬女裝系列，時值大師創作高峰期，絢麗妖嬈斑斕炫目。

03. 十年前買下的一副GIGLI眼鏡架，橄欖綠、粗框，不知怎的直到去年才配鏡片使用。

04.

05.

06.

07.

04. 1990年秋冬男裝目錄的地球人拼貼，喚起本就色迷迷的一票男生重新感應顏色擁抱世界。

05. 移居紐約多年的義大利老鄉，自小心儀的畫家Francesco Clemente同樣遊走異域，把早年在印度生活的感官經驗──寫成詩變成畫。

06. 不顧一切買下心頭好，GIGLI大紅絨長大衣披身，宣佈每天都是節日。

07. GIGLI的宣傳卡片上潑墨潑出淋漓天際，勾畫上小小一架飛機，全速盡情漫遊。

08. 另一位義大利傢具設計師Andrea Anastasio，
    印度取經十數年，以各種當地材料變化出屬於
    未來的家用品，多元文化孕育的精靈在這裡現
    身，叫人驚訝都來不及。

09. 送給身邊伴的一瓶喚作Romeo的香水，阿拉伯
    風的旋風寶瓶，叫人著魔出神。

10. 把Gigli先生工筆彩繪成印度王子，其實相當
    配襯。

11. 來回走過多少這樣的摩洛哥階梯，當異國情調
    已經轉化成日常生活……

12. 對世界永遠充滿好奇，對世間人事種種永遠積
    極樂觀，笑，其實也是一種厲害武器。

**13.**

**14.**

延伸閱讀

**www.romeogigli.it**

**www.made-in-italy.com**

**ARABICA I,II,III**
**vogages into North African Sound**
Bar de Lune, 2002

Ypma, Herbert
**Morocco Modern**
London: Thames and Hudson, 1996

Auping, Michael
**Francesco Clemente**
New York: Harry N. Abrams, INC, 1985

13. 好久都沒有穿上這一身鮮艷，只是依然相信舊
    情未變。

14. Romeo Gigli的米蘭自宅，一室都是來自世界各
    地少數民族部落的裝飾藝術品，生活在他方的
    在地實踐。

# 忤逆閱讀

1999年春天，寒假結束，收拾心情開學了。

當這群紐約SVA視覺藝術學校的碩士畢業班學生，終於等到她們他們的偶像Tibor Kalman為這個學期開的一堂喚作「千言萬語」（A Thousand Words）的課，也同時聽到一個叫人絕不願意聽到的消息，Tibor患上癌症，而且已到末期。

課並沒有取消，只是一群學生必須到老師家裡上課了。每節課長達三小時，日漸衰弱的Tibor Kalman看來還是一貫的幽默風趣，還是如此的嚴謹挑剔。這位從八〇年代初開始一直不斷顛覆紐約平面設計界，更在九〇年代初創辦並統領COLORS雜誌，震撼了全球讀者，開拓了雜誌圖文編輯新方向的極富爭論的大哥，在他心裡有數的生命最後光景中，還是決定要盡一點心力，指導後輩如何去「看」這個世界，如何用「反設計」的原則與態度去設計個人和社會的未來——

千言萬語，在Kalman的理解當中，其實比不上圖像的震撼有力，又或者說，精練的語言文字與挑選編輯得細緻的圖片配合起來，才能發揮最大的影響力。Kalman在躺椅上授課，給學生一張第三世界貧民窟裡少年腳踏、手工製作的紙拖鞋的照片，希望學生由這個影像延伸發展出一本用既有檔案照片編成的書，目的是訓練學生如何用圖像作思考工具，如何暗示如何導引，一些看來無關宏旨、表面上互不相干的影像畫面，其實有千絲萬縷的潛在連繫，「看」就變成一種主動的刺激有趣的「閱讀」。

「我們常常不用眼睛來看，我們只願相信我們已知的，卻忽視了我們看到的」，「不要接受任何所謂對的正確的真的，永遠要問個究竟，做你自己的選擇，要做最好最好的選擇，對它如自己的親生」，「你在任何一個圖像中最能夠發現的，是你自己，

你怎樣看，就是你做人的態度」……在學生面前，Kalman隨口就是這樣精闢的金句。他很兇，扮演的不是一個慈祥長者，但那些被他「奚落」過的學生如今都極度懷念這位挑剔的老師。上過他最後的課的一個男生Matthew Gilbert十分感激Kalman：「他是我生命中的觸媒催化劑，我現在能夠隨心所欲地隨時重整重組自己，都是因為他曾經狠狠踢我一腳。」

懷念他感激他的當然不只他的學生，他的長期戰友和生活夥伴、插畫家和作家妻子Maria Kalman，他的異父異母異國兄弟、共同創辦COLORS的拍檔Oliviero Toscani，他在紐約設計界藝術界的響噹噹的弟兄姊妹如設計師Richard Pandiscio、評論家Steven Heller、出版人Ingrid Sischy、藝術家Barbara Kruger和Jenny Holzer……，都會在日常笑談中憶起這位收藏炸洋蔥圈、打蛋器和蘇打粉的怪叔叔，憶起他們在六〇年代在紐約大學唸書時積極反越戰的熱血激進。他眾多的客戶們也肯定會記得某年聖誕收到一個由Kalman的設計公司M&Co寄出的禮物盒，裡面有一罐蘋果汁、一份三明治和一小塊牛油蛋糕。這跟紐約慈善團體在節日發給街頭露宿者的節日禮盒內容完全一樣，只是當中再附有一張美金二十元鈔票，建議大家可以選擇用這錢在高檔餐廳中吃一客漢堡，或者捐贈給十八位街頭露宿者，讓他們共享聖誕大餐。這位叫人又愛又恨又尷尬的Kalman先生，相信最好的設計會叫人奮起行動而不是一味消費。

作為他的長期追隨者，特別是他親自領航的頭十三期COLORS的忠實讀者，對這位「忤逆任性的樂觀主義者」（老婆Maria對老公Tibor的評價），對他的敢言敢行，以顛覆和

建設為己任的作風，實在佩服不已。還記得在八〇年代中初次接觸到他為流行樂團Talking Heads設計的醒目唱片封套，在親自監製的音樂錄影帶中把（Nothing But）Flowers的歌詞投射到主唱David Byrne的大頭上，浮動的文字一臉都是，八卦的還是設計學生的我查出了這都是一位叫Tibor Kalman的傢伙的傑作。不久又在圖書館的雜誌中看到他領導的設計團隊M&Co的古怪產品：一批掛牆的圓形時鐘，簡單不過的白底黑字黑時針分針紅秒針銀框盤，可是細看都是搗蛋反叛的玩意。當中一個鐘面所有的鐘點數字都亂了順序，時空錯亂啼笑皆非，另一個鐘面只有一個5字，無時無刻提醒大家該下班該回家該去玩了，再又一個鐘面的數字都是失焦矇糊的，是工作得太累有點兒眼花了吧。面對這些日常器物的變態版本，都叫人重新審視什麼叫正常為什麼我們需要幽默。

九〇年代初Kalman一度被委任為INTERVIEW雜誌的創意總監，繼Fabien Baron之後又將雜誌的版面設計風格帶到另一個高潮。緊接下來就是轟動一時、議論紛紛的COLORS雜誌。

這本由義大利服裝集團BENETTON投資支持的雜誌，在總編Oliviero Toscani和主編Tibor Kalman的溝通共識下，與BENETTON當年沿用至今的"Colors of Benetton"集團形象口號巧妙的配合，但雜誌卻絕不是一本塞滿自吹自擂的自家廣告目錄。有翻過COLORS的讀者都知道，每期以一特定專題貫通全書的編輯方法，在當年是首開先河的突破。七八種語言對譯五個版本，用上大量檔案圖片配上精簡圖說文字，觸及的內容如「愛滋病」、「旅行」、「運動」、「生態」、「血拼」、「天堂」、「宗教」、「街頭」、「種族」、「性」……等等既普及又具爭議的選題。

Kalman 並不是要做一本潮流時尚雜誌的主編，他日思夜想的夢幻理想職位是 1957 年前的 *LIFE* 雜誌主編。他簡直崇拜當年的 *LIFE* 也希望把他喜愛的 *NATIONAL GEOGRAPHIC* 的世界觀和 Neville Brody 時代的 *THE FACE* 雜誌的前瞻設計美學都共冶一爐。Kalman 發出去的有 *COLORS* 雜誌主編身份的名片上，用英義西法德日六種語文印上的一句說明："a magazine about the rest of the world"，就充分說明他對世俗的庶民的日常的人時地物的關注和喜好。縱使全球政治經濟社會民生是如此紛亂變幻，他還是樂觀的，他真的相信明天（應該）會更好，他相信未來屬於有理想有抱負、敢於嘗新突破的年輕人，以及心裡年輕的中年如我輩。

在 *COLORS* 雜誌的四年任期結束前，Kalman 編了一本以純粹圖像綿延貫串的無字天書第十三期。以放大了的彩色瞳孔為封面（多麼像一個地球！）從外太空開始一直把鏡頭拉近我們的自然環境、動植物、都市、建築、交通、垃圾、食物、臉孔、身體、服飾、動作、性、暴力、戰亂、傷亡，到最後回到精與卵、回到最原始的細胞組織，宏觀到微觀的竟又是如此相似的畫面。沒有文字解說，連唯一一頁有字體編排的，都是一些刻意讀不通的假字，無言以對，欲辯已忘言。

自嘲是一個以小寫開頭的 communist 共產主義者，他一直相信社會主義，相信必須樂觀相信集體分享。他也一直積極地用心用力去看，並且想方設法引領大家去看，看出這個社會這個國家的種種不是，看出這個地球周邊人事關係之間還存有的真善美，值得珍惜與否，都是閣下的選擇——「我不是對『美』反感，只不過它聽來叫人納悶」，Tibor Kalman 曾經如是說。

01. 讓我們談時裝，談性，談死亡，讓我們認真的談愛滋病。*COLORS* 第七期是愛滋特輯，以大量圖文進行預防愛滋的社教工作。

02. 關心動物愛護動物，從一個血肉模糊不忍卒睹的封面開始。

03. 給你一盒最簡單最原始的彩色粉筆，看你畫一個怎樣的彩色世界。

04. Tibor Kalman最喜愛的一幅笑口常開的肖像，是1992年外遊印度孟買時，一個街頭肖像師畫的。

05. Tibor的伴侶Maria是紐約著名兒童書作家，又寫又畫怪怪故事，頗受大人小孩歡迎。

06. 患病末期仍然堅持在家裡授課，言傳身教叫他身邊的學生永久懷念。

07. 早期Tibor的設計工作室M&Co設計生產過一批腕錶與掛牆時鐘，早已成為同好收藏品。

08. 如果英女皇是黑人，如果羅馬教宗有亞洲人的膚色，麥可傑克森如願地變白了，COLORS第四期種族專輯的排版手稿和報章頭條。

09. 創意點子特多的Tibor當然也是怪怪先生，蒐集炸
洋蔥圈是他其中一項嗜好（是收集，不是吃！）

10. 收藏打蛋器也是他眾多的興趣之一。

11. Maria Kalman的插圖作品一幅，有其夫必有其妻。

12. 曾經擔當過紐約*INTERVIEW*雜誌的美術總監，
誰敢說Tibor沒有時尚潮流觸覺？

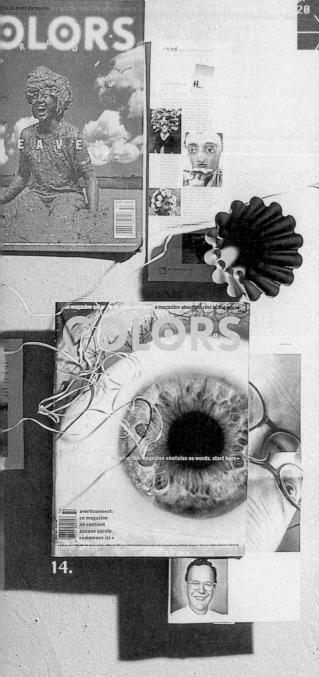

延伸閱讀

www.salon.com/people/obit/1999/
05/kalman/

www.adbusters.org/campaigns/
first/toolbox/tiborkalman/1.html

Kalman, Tibor and Maria
**(un)Fashion**
New York: Abrams, 1999

Kalman, Maria (edit)
**Colors, a magazine
about the rest of the world**
New York: Thames & Hudson, 2002

Kalman, Maria
**Chickhen Soup, Boots**
New York: Viking, 1993

Hall, Peter, Bierut, Michael, and Kalman, Tibor
**Tibor Kalman: Perverse Optimist**
New York: Princeton Architectural Press

Farrelly, Liz
**Tibor Kalman:
Design and Undesign**

13. 兩夫婦合作編著的一本走在時裝潮流之前的
    （非）時裝書，叫大家再次覺察設計與生活的真
    實關係。

14. Tibor Kalman編輯任內的最後一期COLORS雜
    誌，整個專輯八十九頁一氣呵成沒有文字，讓
    厲害圖片自行發聲。

# 供求追逐

他問我，什麼事會叫我最不高興？

吃到不好吃的食物，坐在不舒服的椅子上，碰上不尊重人的人，以上分別發生，又或者，倒霉的一起發生。

但還好，我補充說，還是有很多很好吃的食物，例如冬天裡的一碗生炒臘味糯米飯撒上蔥花再加上一條皮脆汁鮮的蛇汁鴨潤腸；還是有很多椅子是舒服的，例如英國設計師Ross Lovegrove為義大利品牌DRIADE設計的一系列有機形體組合塑料單椅，說它是花瓣是翅膀是游魚甚至是海豚，都可以，就是跟身體有一種親密關係，而身邊的一群夥伴能夠這麼多年一直合作下來，也就是能夠互相信任互相尊重互相體諒──加上我記性不好，不高興的很快就忘掉，開心的，都難忘。

食物，椅子，人，好像這個世界就可以這樣簡單快樂。

當年有啟蒙老師引路，在一個陽光漂亮的四月天，第一回到米蘭郊外探訪著名傢具品牌DRIADE的廠房，認識它們的負責人和設計師，而在這一切認真的「公事」發生之前，先來的竟是一趟豐盛美味的露天花間自助午宴。

好像一次就把最好的義大利家鄉道地美味都吃過，精彩得一邊吃一邊輕嘆，那是如此震撼豐盛的一趟視覺的味覺的嗅覺的觸覺的獎賞，加上那不斷逐杯的冰凍白葡萄酒，我在一個極興奮高昂的狀態下有點嚴肅地告訴自己，一定一定要把這種甜美生活經驗跟大家分享。

這也許可以解釋為何我日後如此瘋狂的迷上義大利美食義大利設計，當然愛的還有義大利人。

母親一般的 Antonia Astori，女建築設計師，創立 DRIADE 品牌的 Astori 家族中人。兄長 Enrico 負責的是整體市場營運，Antonia 就領導起整個設計團隊。坐在我面前的 Antonia 優雅細緻，輕輕道出作為一個女設計師如何在男性主導的義大利設計圈子。從七〇年代中期參與設計展覽場地空間開始，其後一直發展家居儲物間格系列，從結構上改變和影響家居環境質素，近年開發的廚房組合，以至針對年輕家庭的 DRIADE STORE D house 家用品系列，都是逐步深化貫徹一種理想家居生活概念，用有限的資源，在創意主導之下結合實際——你最拿手的菜式是什麼？我問她，改天晚上到我們家裡你就清楚，她笑著說。

因為 DRIADE，一個既踏實地維護義大利創意品質也致力連繫國際設計精英的品牌，叫我先後接觸認識到來自五湖四海的設計前輩：一派謙謙君子，西班牙的 Oscar Tusquets；熱情誇張的多產法國大兄 Philippe Starck；波希米亞迷情典範 Borek Sipek；以色列「鋼」人 Ron Arad；近年人氣急升的來自日本的吉岡德仁；當然還有一票義大利高人如 Alessandro Mendini、Enzo Mari……。所以我們平日說的義大利傢具，準確說來，應該是義大利廠商生產的、有著全球優秀創意的設計品。環顧縱觀也只有義大利才有這樣的條件能力與承擔，讓來自不同文化的創作者有發揮有表現，海納百川，揚的是家國之名，而能夠超越本土、進軍國際的好幾個義大利傢具名牌如 KARTELL、CAPPELLINI、MAGIS、ARTEMIDE、FLOS 以及 ALESSI，無一不是走這種路線。

打從 CAPPELLINI 早期在時裝朝聖大道 via Monte Napoleone 有了大型陳列室開始，集團新一代領導人 Giulio Cappellini 刻意改革求新，同樣大打國際牌，匯集行內一級老將新秀，諸如 Jasper Morrison、Tom Dixon、James Irvine、Marc Newson、Werner Aisslinger、Ronan and Erwan Bouroullec 兄弟，以至越界的平面設計旗手 Fabien Baron，甚至時裝搞怪紳士 Paul Smith 等等，更先後把旗下生產線細分為 Collezione 經典系列、Mondo 世界系列、Oggetto 飾品系列、Units 組合系列，以及 Extra Cappellini 非常系列。在藝術總監 Piero Lissoni 的指揮之下，店堂內前後左右總是一組又一組精心計算的裝置場面：傢具、藝術品、花藝以及那來來往往或站或坐的各式人等，煞是好看。及至擴充成另外兩個店面，加上每年傢具展都搶先在開幕前一天舉辦超大型派對，CAPPELLINI 的風頭一時無兩。好幾回在那些人山人海眼花撩亂的派對裡，大概都忘了身處其中的原來目的。沒辦法坐進那堆滿了人的沙發當中，被開合翻掀得太厲害的書櫃衣櫥有太多的手印指紋，原來擺放得好好的花草樹木都東歪西倒，更不用說大家蜂擁著那一盤一盤的精美點心以及喝得有點匆忙的紅酒白酒——生活的忙亂以至家居的真相倒在這些場合湊巧地如實呈現。實在沒有誰的家裡一天到晚都像陳列室樣品屋，既是如此，作為觀眾來賓也心領神會欣然享受。

如果有一樣東西叫義大利品味，這品這味是可以入口的，可以躺坐的，可以穿戴的，是大理石一樣光滑的，是木材一樣有紋理的，是玻璃一般通透亮麗的，是刺繡和挑花一樣精細綿密的，是馬賽克一樣多彩多變的，自小在一個對生活有要求有堅持的氛圍下，窮的風流富的快活，總也不太餓著，吃進去都是真滋味，吸收轉化為自然不過的創作能量。

很多關注設計潮流的人，每年都會把
CAPPELLINI與另一優秀品牌KARTELL作比
較。由Giulio Castelli創立，以生產塑料家用
品和傢具起家，已經有五十多年歷史的
KARTELL，一直是行內願意致力投資研發
新物料新造型的主攻型廠家。六〇年代有
Sapper Zanuso及Joe Colombo等大師坐鎮，層
疊塑料桌椅一馬當先；七〇年代家喻戶曉的
儲物組合是女設計師Anna Castelli Ferrieri的
作品；八〇年代以降更是風雲際會，響噹噹
的大名如Philippe Starck、Ron Arad、Antonio
Citterio、Vico Magistretti都是KARTELL產品
系列中舉足輕重的角色，而且塑料生產技術
不斷的突破開發也徹底消除了消費者向來對
塑料傢具的疑惑厭棄。KARTELL穩守塑料
一哥的地位，五十多來的KARTELL產品目
錄，赫然就是一部資料詳盡範例豐富的塑料
開發研究生產推廣史，管它什麼Pop的後現
代的Hi Tech的風潮，KARTELL都有它的一
個位置，跨進廿一世紀，KARTELL更肆意
盡放在全球家用品市場上開枝散葉乘勝追
擊。

有家族生意有集團經營，作為一般消費者的
你我在這些義大利頂級設計生產團隊的相互
競爭比拼當中，依然驚艷於面前繁花盛放的
景象。我們是貪心的，不買也看看，看多了
也就更懂得作比較作選擇決定，供求關係也
是某一種的愛戀追逐，我還是願意這樣天真
浪漫的相信。

01.

02.

01. 每年米蘭傢具展在CAPPELLINI的超大型開幕酒
會中，大家爭相取閱的就是這一份厚厚的當季
新品目標，環保人士又會皺著眉頭為砍掉的樹
默哀了。

02. 曾幾何時，CAPPELLINI還每半年出版圖文編印
精美的軟推銷廣告雜誌，成功樹立品牌形象應
記一功。

03. Ron Arad為Kartell設計喚作H&H的塑料層架儲
物組合，H是個基本形，叫我想起香港早期的
徙置區（五〇年代香港政府為安置天災災民及
新移民而興建的公共房屋）。

04. 由DRIADE女當家Antonia Astori一手主導設計
的儲物組合系列Kaos，開放式的與生活中的
Chaos相呼應。

05. 英國設計中堅Tom Dixon早年為CAPPELLINI設
計的以草繩編成座背的S Chair重新換上
CAPPELLINI字樣的外衣，猶如宣傳看板。

THE 'EASYLIVING HOUSE'

daily use: for kitchen and table, bedroom and bathroom, for lighting, decoration
with a particular focus on industrial production techniques.

06.

08.

09.

07.

06. DRIADE針對年輕市場的D House系列，從廚浴用品到餐飲器皿到花盆燈罩衣架枕褥都一應俱全，爭取品牌的滲透影響力。

07. Philippe Starck經常出怪招，搞鬼設計的Gnomes樹林精靈是椅也是桌，戶外戶內都出場。

08. 跨過三十個年頭的DRIADE在1995年出版紀念特刊，詳細記述一路走過來的成敗經驗。

09. 捷克設計師Borek Sipek當年在DRIADE旗下接連發表了一系列驚為天人轟動一時的波希米亞風玻璃製品，隨著他淡出國際設計舞台，這批又脆弱又結實的作品更見珍貴。

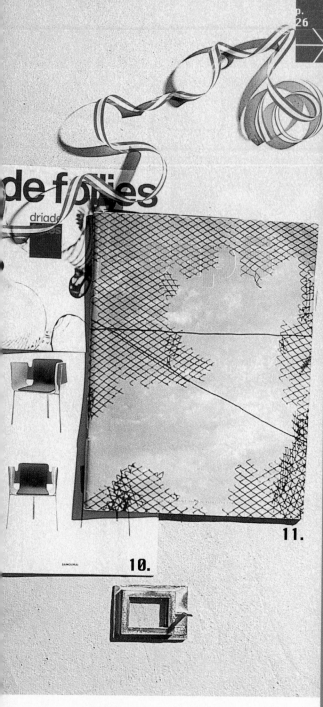

**11.**

**10.**

SAMOURAI

# 延伸閱讀

**www.cappellini.it**

**www.kartell.it**

**www.driade.com**

Irace, Fulvio
**Driadebook**
Milano: Skira, 1995

10. 不斷提攜新秀也是CAPPELLINI讓自家品牌保持年輕的法則，法國兄弟雙人組Ronan & Erwan Bouroullec一張以日本武士造型為靈感的單椅就喚作Samourai。

11. 當年廣受歡迎的*CAP*期刊，如今已經成為設計迷收藏拍賣的珍品。

# 格格好色

做了一個怪夢——難怪我的中醫一直說我肝熱胃虛——醒來還歷歷在目，而且冀盼夢境成真。

我被一群不認識的人玩鬧著抱起拋進一個游泳池，游泳池中當然有水，而當我在池中浮沉之際，清楚看見泳池池底鑲滿漂亮的馬賽克——不是平日那千篇一律的水藍水綠，更沒有那比賽跑道的分隔線，那是一整幅星空景像，藍黑幽玄，神祕深邃，當中還鑲滿間或閃爍的金和銀，彷彿如經典太空歷險電影中某某不知名彗星一般向我衝來，我浮在水中，不，是浮在太空中吧，兩者是那麼的相似，一種無重的興奮。

然後就醒來了，然後就真的到社區的游泳池游早泳。七時十五分，泳池中風雨不改、積極練水練氣的還是那幾個熟悉的。我有點納悶的游畢今日的二十個池，沉浮中鳥（魚？）瞰池底，還是那一片水藍，中間換了彩一點的顏色，鑲拼出社區的標誌：一隻胖胖的飛不動的鳥。我淫淋淋地從泳池中爬上來，一身氯的怪味。

為了健康，大家早起游泳，為了衛生，泳池放了過多的氯清潔劑，那是怪怪的一種邏輯運作，因此我會有額外的要求——例如泳池底是否真的可以鑲嵌出一些有趣的圖案，即使不一定震撼如浩瀚星空，也許可以是西班牙建築大師Gaudi高第的斑斕有機隨心所欲，又至少像旅美英國藝術大師大衛鶴尼（David Hockney）一般，把自家泳池鋪成自家的一幅出道經典The Bigger Splash，池底就是一彎一彎漣漪水紋，像真的油畫筆觸。

多一點心思多一點功夫，抬頭或者俯視，都不一樣。

因此我每次碰到老相識T，除了不得不有點八卦的跟他聊起他又替哪一位天王天后量身設計訂做演

唱會中叫人目瞪口呆眼前一亮的歌衫舞衣，我還是對他曾經開的那一間小小的服裝店的更衣室很是懷念。那是一個窄窄的空間，裡面全都鋪滿白色的馬賽克，請注意，不是一般程序的叫師傅一整幅的鋪上去，而是把每一小方格馬賽克用人手故意敲走直角，做成不規則的有點用舊了的感覺，然後一格一格的再嵌成四面牆——由於所費需時，他的店的開幕一延再延，據說還不惜納空租，就是為了要完成那經典的馬賽克更衣室。

馬賽克，一種自小熟悉不過也不當一回事的建築裝飾材料。俗稱紙皮石，其實跟紙跟皮甚至跟真正的石也沒有關係，真身是一格一格的小方磚。只是磚都鋪在紙皮上，一整塊方便施工，就得到了紙皮石的叫法。小時候的紙皮石很便宜，都用來鋪廁所浴室走廊等等功能性的居室空間，除了鮮用的素淨的白，習慣都是藍呀綠呀夾雜粉紅咖啡黃的俗艷組合，所以自小一直對紙皮石沒有好感。七、八〇年代忽然流行起用紙皮石鋪大廈外牆，不知怎的鋪上去的也是叫人尷尬的灰灰暗暗的沉悶顏色，而且耐不住風吹日曬，過不了十年八年都一格一格的掉下來，望去斑斑駁駁的，很危險也很恐怖。

直至大學時代背著背囊浪蕩，歐洲古老教堂外牆壁面以至室內天花板眾多以傳統馬賽克技術鑲嵌的壁畫，叫我重新對紙皮石/馬賽克有了認識。面前牆上用的當然不是大量工業生產的方磚，卻分別是石頭、玻璃、手製磁磚以至貝殼，切割雕琢成所需大小，然後再按需要嵌拼出騰空的天使、顯靈的諸聖，以至天上人間山川風貌宏偉建築。用上這些馬賽克手法和材料，遠比傳統壁畫的天然顏料耐用得多，尤其是金屬顏色的表現，還記得威尼斯聖馬可廣場教堂外抬頭的那一牆壯

麗，斜斜日照下那原是背景的金色格格，成了震撼懾人的主角，顯示了威尼斯當年的宗教政經權威，萬方來朝，帶回去的肯定是這金黃耀眼的意象。

繼承這輝煌奪目的馬賽克傳統，義大利至今還是建築裝飾物料市場上生產高級馬賽克材料的主要供應地，近年全方位出擊的生產商BISAZZA，更矢志成為領導馬賽克潮流的一員猛將。

BISAZZA，名字本身就是二十克拉黃金的手工切割的珍貴的馬賽克的專稱。創立於1956年的這一家規模小小的工廠，一開始就以承傳優秀傳統工藝為經營宗旨，不只重新研製高檔的黃金bisazza，更把十七世紀流行於威尼斯的一種人工合成石材Avventurina重新研製——此種有如發光寶石一般的玻璃馬賽克得以在市場上重新出現。至今BISAZZA提供的幾大系列產品：Opus Romano表面如凝脂一般晶瑩；Vertricolor就以白色晶體滲於艷麗色彩中著稱；至於變化多端的le gemme，小小方格已經有動態如流雲如翻浪，其實一廂情願的更覺得它們像糖果，那種甜得要眯著眼才吃得下小小一口的。

單單向市場推出繽紛八彩當然不足夠，BISAZZA玩的也是義大利中小廠商最拿手的遊戲：按步就班先找來國際級義大利設計師Alessandro Mendini作藝術總監，以增強品牌本身與國際接軌的能力。在Mendini任職的1994至98年間，促成了國內外大小展覽以及與藝術家設計師的眾多合作生產計劃。近年接班的新秀設計師Fabio Novembre，更是野心十足地把馬賽克材料應用到更多室內室外的私人及商業空間，加上2002年在米蘭高級時裝街區開設陳設室，2003年在紐約蘇活區

也再接再厲，配合上有若時裝廣告的媒體宣傳攻勢，叫大眾把馬賽克—流行—BISAZZA連成一體，漂亮的贏得不少掌聲。

走進米蘭街頭的BISAZZA陳列室，剛巧碰上他們的周年小酒會，以玫瑰花為春季主題佈置的小小空間，一端作泳池／浴室裝潢的水池中撒滿玫瑰花瓣，還有一群人手中端著有玫瑰花味的香檳，空氣中飄燃的是玫瑰香氛，接待的美女們穿的薄紗裙也像片片花瓣，牆上的巨幅馬賽克鑲拼的是綻放的紅玫瑰白玫瑰紫玫瑰，格格好色格格無保留，分明是簡約潮流氾濫後取而代之的新一波奢華絢麗。

忽然覺得這馬賽克風格與上一世紀初的點彩印象派風格有異曲同工之處，又與目前電腦應用中的pixel放大相若，畢竟你我從來都是好色的，我這樣說，看來你不會反對。

01. 送花再不是辦法，如果你可以自己動手用馬賽克拼貼出一牆玫瑰，包管心愛美眉會跟你走。

02. 設計壇怪叔叔Alessandro Mendini也曾一度執掌BISAZZA的創意部門，大量利用傳統的馬賽克技術進行跨界藝術設計創作。

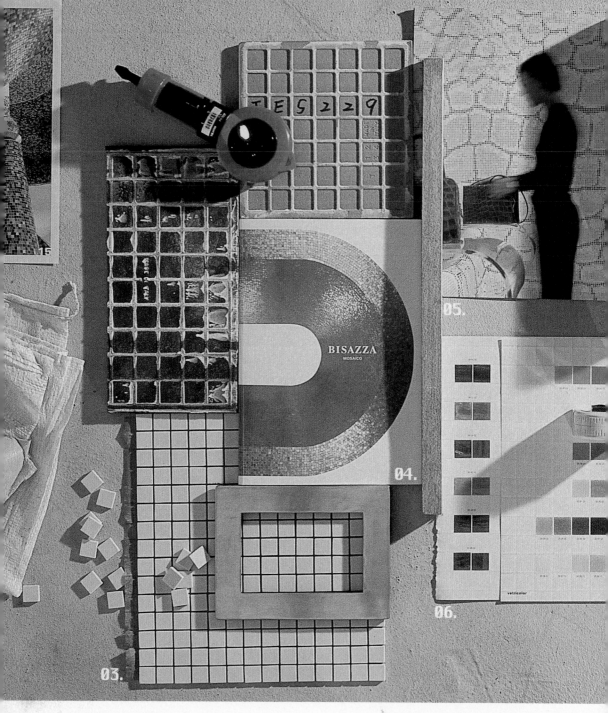

03. 叫作紙皮石是有根有據的，看似簡單的鋪貼方
　　法還是不敢動手DIY。

04. 真材實料黃金BISAZZA，看看就好大抵不是你
　　和我的玩意。

05. 古老的技術在今時今日得以嶄新的演繹，應用
　　在更多的公共空間當中。

06. 眾多漂亮顏色中要挑出最愛也絕對不容易。

07. 天藍海藍愉快明亮，游泳池和spa中用上馬賽克是最搭配的。

08. 從OP到POP，大膽設計出醒目圖紋，將馬賽克的應用可能推到極致。

09. 靠近一看有幾十種藍幾十種灰幾十種黑，上帝就在細節當中。

10.

11.

p.
32

# 延伸閱讀

**www.bisazza.it**

**www.ateliermendini.it**

**www.novembre.it**

**home.swipnet.se**

Novembre, Fabio
**Frame Monographs of
Contemporary Interior Architects**
2001

10. 建築師Carlo dal Bianco設計的一幅大型馬賽克
    玫瑰牆，叫座落於Vicenza的BISAZZA總部忽然
    成為觀光景點。

11. 威尼斯聖馬可廣場教堂內外都有傳統馬賽克牆
    飾壁畫，精緻耀目嘆為觀止。

# 在繁花中

是PUCCI，不是GUCCI。

對，關於GUCCI的故事也許聽得太多了，GUCCI
前朝家族的興家敗家恩怨內訌早已成過時的茶餘
飯後，樂此不疲地推銷性感的Tom Ford層出不窮的
軟硬情色花絮依然每季刺激眾生，再有點生意眼
的都在八卦那個哪個集團即將成功收購GUCCI的
多少多少股份，有人竟然把GUCCI的兩種香水
ENVY和RUSH混在一起塗在頸項耳梢，太熱畢竟
必須降溫，冷眼看潮流興衰，忽地十分十分懷念
PUCCI。

某年發了瘋地把三分之一月薪拿來買了一套剪裁
貼身的黑色GUCCI禮服，到如今這麼多年過去實
際也只是穿過一次出席摯友的婚禮。如果現在籌
得這一筆「巨款」要再來消費一次，我一定會買一
襲真絲的印滿PUCCI經典彩色圖案紋樣的全身花
裙，給她穿——如果她肯脫下她平日穿得破破爛
爛的T恤和牛仔褲的話。

常常說笑，真正認識了解我的人該知道在我一年
四季的黑白灰簡約外表的底裡，是那躁動的不甘
心的七彩斑斕，不是GUCCI，是PUCCI。是那迷
幻的，熱情的，甜美的，萬花筒一般的放肆，那
種浮在半空的生活。

周日午後還得工作，只是趕赴下一個採訪目的地
之前，刻意朝聖也要拐進米蘭via Monte Napoleone
名店街的巷裡，去看一眼今季PUCCI的顏色與紋
樣。太熟悉，也可以說是根本沒變，就跟十多年
前學生時代在設計系裡資料室第一回認識PUCCI
這個顯赫名字的衝動感覺一樣——是誰可以把顏
色組合得這樣跳脫強烈：彩藍、桃紅、翠綠、鮮
橙、鵝黃、粉紫……，幾何的有機流動的圖案，
抽象的具象的紋樣，膽色驚人的遊蕩於古典與未
來，在俗艷與貴氣的邊緣走險，看過一眼以後一

定會認出這就是原創的唯一的PUCCI。自此一想到七色八彩顏色組合的典範極致，就是PUCCI。

室外陽光正好，眼底一切顏色都格外鮮明，就藉此機會在大太陽下曬曬那收藏多年的一大疊關於PUCCI的來自五湖四海的剪報資料吧，順便再來八卦一下——

Emilio Pucci，Marchese di Barsento，義大利佛羅倫斯PUCCI家族廿世紀最顯赫的一個名字。1914年出生的這位一生都高挑瘦削風流倜儻的侯爵，身體裡流著的是義大利、法國、俄國貴族的藍血，年少時代是義大利滑雪國家隊選手，二次大戰時是空軍機師，大學時代在美國完成碩士課程，主修社會學，後來回到義大利修的是政治學的博士學位。既然是候爵，他當然住在家族的古堡大屋裡，外頭的街道就以PUCCI為名——雖然說在地靈人傑的佛羅倫斯說不定在餐廳裡給你端咖啡的服務生也是貴族後裔。但聰明的候爵天生就是一個懂得利用自己貴族身世傳奇的高手，恰如其份點到即止的把這巧妙安排在相關宣傳推廣上，百戰百勝。

PUCCI侯爵當然有一股世家子弟的矜貴氣，但他經營起自己真正的事業卻不是玩票性質的。從設計給自己穿的滑雪運動服和休閒服開始，他也為他一生鍾愛的女人——不止一個——設計他理想中的女性形象。穿在身上披在頭上挽在臂彎鋪在床上都是那千變萬化的PUCCI色彩和圖案，款式剪裁倒是乾淨俐落簡單的，這無疑是一種很成熟的計算安排，巧妙地平衡了保守與放肆，準確地擊中了五、六〇年代全球經濟起飛消費能力上揚的集體情緒。

一個談吐優雅英語說得比美國人還要流利的義大利候爵，怎能不迷倒相對天真簡單的美國上流社會名媛。PUCCI成功地在四、五〇年代後期打進美國市場，受當年潮流領導刊物 *HARPER'S BAZAAR* 主編大姐大 Diana Vreeland 的高度讚賞，得到大百貨公司的 NEIMAN-MARCUS 的大力推廣支持。從早期的登山滑雪裝束到中期全盛的艷麗七彩飄揚圖案到後期的更有印度、南亞、非洲異國風情的瑰麗刺繡閃亮珠片，都得到那群有錢太太的厚愛。

從蘇菲亞羅蘭到英格麗鮑曼到伊莉莎白泰勒到賈桂琳甘乃迪都是PUCCI的迷，更不能不提經常一身PUCCI的瑪莉蓮夢露，相傳夢露離世躺在棺中穿的，也是PUCCI。

你說這 "PUCCIMANIA" 是羊群效應吧，但在那個時代那種氣候那種音樂當中，連羊也是這麼活潑多彩，蹦跳向上的，也真不錯。至少那是一個積極正面的放任期，PUCCI侯爵為登月的美國太空人設計紀念章，為傳奇的BRANIFF International航空公司及QANTAS的空服員設計過制服，為福特車廠設計Lincoin Continental Mark IV豪華轎車，為派克設計金筆，還替ROSENTHAL設計陶瓷餐具，還有家居床上用品、沙灘泳裝泳褲、內衣褲襪……。侯爵先生層出不窮的設計靈感來自他深愛的義大利美藝傳統，來自他對現代藝術尤其是OP Art的熱衷，來自他優裕的甜美生活。他很早期就在上流社會鍾愛的義大利度假小島Capri開設精品小店，推廣的就是那種永遠度假的奢華浪漫。作為一個無關痛癢的觀眾，我倒真的很欣賞他這樣親力親為，野心的努力的不停計劃不停工作。

六〇年代後期，美國總統甘乃迪遇刺，純真美國夢正式破裂，緊隨的一連串社會動亂、嬉皮潮、經濟衰退、越戰、總形勢大環境急劇轉變，PUCCI在美國一度掀起的流行熱潮萎縮息微。年事漸高的侯爵卻也沒有就此倒下，轉而低調地有選擇地維持一定的設計產量，溫柔而精緻。女兒Laudomia為副手的PUCCI家族生意沒有急急轉營改變風格以配合八〇年代新一波的女強人設計潮。直至1992年侯爵離世，及至千禧年間，財雄勢大的法國名牌集團LVMH終於收購了PUCCI的67％股權，選派了一直心儀PUCCI設計的法國設計師Christian Lacroix上任，從Landomia手中接過創作總監的大權。2003年首度發表春夏新裝，時裝媒體反應異常熱烈，風頭一時無兩。

隨著PUCCI的經典圖案色彩在衣飾傢具家用品各個設計領域不斷曝光，這個一度滑入低微的傳奇得以重生延續。

對於從來就鍾情PUCCI的忠實支持者如我，PUCCI是否能再度成為流行熱賣，其實一點也不重要，PUCCI已經是廿世紀時裝設計史中一個擲地有聲的名字，一個值得研究討論的潮流文化現象。眼下近年甚至當季的一些顯赫名牌，當用上屬害顏色紋樣時，實在也與PUCCI當年的設計有七分神似。潮流來去，唯是真正的顏色不會褪。天時地利人和，Emilio Pucci把一個人在其本位的權利實踐義務完成，而且爽快漂亮。這位來自佛羅倫斯的一代設計巨匠，有一回在紐約中央公園跟友人散步聊天的時候，在痛罵義大利官僚和政客殃民禍國，為當年的義大利國勢憂心忡忡之餘，還是很驕傲地表白，他知道自己永遠鍾愛的，是一個真正的義大利。

01. 陽光、海灘、度假中的女人，一向是PUCCI設計的圖案顏色紋樣的靈感來源。隨身的旅行袋、貼身的比基尼，斑斕、性感、放縱。

02. 法國名牌集團LVMH在千禧年收購了PUCCI公司67％股權，法國設計師Christian Lacroix自2002年接任PUCCI任創作總監，於2003年首度發表春夏新裝，矢志將經典老牌在國際時尚舞台上重新發揚光大。

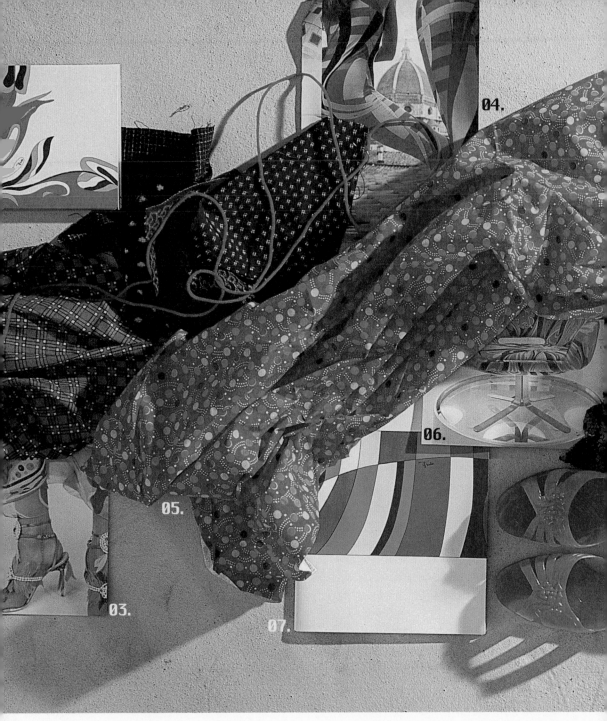

03. 從頭到腳都是度假氣息，義大利南部度假勝地
Capri岸邊，蹬蹬蹬踩一雙這樣的高跟鞋走過來
的為數也不少。

04. PUCCI「發源地」佛羅倫斯，皇族貴公子Emilio
Pucci盡得形采風流。

05. 刻意找來自家民間土布沖擊一下，開PUCCI一
個玩笑。

06. 義大利傢具品牌CAPPELINI也於2001年推出了
由Patrick Norguet設計，用上Emilio Pucci圖案
紋樣的沙發系列Rive Droite。

07. 身為PUCCI紋樣圖案的死忠崇拜者，自然不放過收集每一本目錄每一張服裝秀邀請函。

08. 一度有在坊間出現過的PUCCI紋樣的家飾配件以至陶瓷，看來在未來日子會大紅大熱。

09. 對顏色要有足夠的迷戀對生活要有過人的熱情，才可以設計出這樣眩目厲害的圖案。

10. 手執一本酷酷的黑膠皮指南，去認識屬於Emilio Pucci的彩色的佛羅倫斯。

11.

12.

# 延伸閱讀

Settembrini, Luigi (edit)
**Emilio Pucci**
Firenze: Skira, 1996

**www.emiliopucci.com**

**www.christian-lacroix.fr**

**www.lvmh.fr**

**www.florencebiennale.org**

11. 在Pucci家族豪華大宅裡，剛退位讓賢轉任
PUCCI形象總監的Emilio Pucci女兒Laudomia，
對PUCCI品牌未來的發展充滿信心。

12. 風格跳脫色彩亮麗，PUCCI資料檔案室存有超
過五百種歷年累積下來圖案紋樣設計，簡直就
是用之不竭的寶藏。

# 三色四性

當男人們糊里糊塗地被推到前方或狩獵或打仗，流血流汗之後被簇擁冊封成為父權第一性；當一群昔日婦解先鋒當今女性主義姐妹策略性地以第二性自居；當生活在你我周圍的男女同志，易服扮裝者變性者雙性戀者在種種誤解歧視和迫害之後掙扎成長，討回一個也不知是否平等公道的第三性的標籤，第四性就來了。

第四性，並非乘幽浮降世的外太空來者與慕名投懷送抱的地球人一起幹了好事之後的結晶寶寶。第四性，是我們身邊的未成年未定性少男少女，她們他們在我們成年人一手造成的殘酷世界裡面，以無比的忍耐、勇氣和創意在生活著，在有限的鼓勵和支援下，承受著比成年人更大的壓力，更多的不公平不合理。但因為青春，所以可以更放肆更不規矩，可以更自閉更失落，可以更進取更有理想，可以更有彈性和空間地選擇自己的性向──挑戰天生屬性，鼓勵後天轉性不定性，這是第四性的定義中與「性」有關也超越性的有趣的一點。

"THE FORTH SEX：ADOLESCENT EXTREMES" 是2003年初在義大利佛羅倫斯舉辦的時裝雙年展的主題。從1996年開始，以時裝文化生活為策展方向的雙年展連繫動員起國際一線時裝設計師，探討時裝如何作為集體消費文化中的領航角色，以及時裝與其他創作媒介包括電影、音樂、文學、建築甚至飲食之間的千絲萬縷關係。身為創作人，時裝設計師不僅要與時並進更必須爭先走在群眾前面，而這個能夠先行的靈感和能力如何獲取，也是一個令觀眾好奇注目的好題材。

幾屆時裝雙年展下來，不同的策展組合分別舉辦過義大利時裝前輩 Emilio Pucci 的首屆回顧展，也專題探討過時裝與電影的關係。2003年新鮮熱辣的這個把「邊緣」青少年稱作第四性的展覽，就是

察覺到青少年既是時裝潮流產品的主要消費群，也同時以自發的行為習性裝扮，直接影響著比他們年紀大上十年二十年的時裝設計師，直接影響著時裝大潮流。這回作為策展人之一的比利時設計師Raf Simons，也就是以街童穿著配搭為設計精神著稱、被時裝評論者喻為成功挑戰並改變了傳統男裝風貌的主將。

被邀作第四性策展人，Raf Simons實在當之無愧。從來都不喜歡把自家設計的衣服穿在專業模特身上的他，每季走秀時都在街頭找來一大群未成年的瘦瘦削削的青少年，穿上那些本來就像他們自家的寬寬長長的有點不稱身的T恤長褲和外套，當中從紋樣質料到剪裁，都常常很有軍服和救生衣的感覺──這也就是第四性的處境吧──在一場不知何日會結束的青澀的徬徨無助的不知誰勝誰負的戰爭中，青春是最大的本錢最厲害的武器，但分明青春會過去，那個未來是大家真正想要的嗎？一旦成為叫人作嘔的成年人的其中一員，第四性的光環冠冕會就此消失嗎？

來自比利時時裝重鎮安特衛普近郊的一個小村鎮，Raf Simons自言不是那些家庭破碎缺乏父愛母愛然後離家出走嗜酒吸毒的少年人，他的青少年時代很幸福很正常，因此也很沉悶，一種富裕的沉悶。直至年長直至世界慢慢廣闊，也就發覺不能這樣無聊下去。為邊緣而邊緣為反叛而反叛固然不是解決方法，但換個角度去重新看這個世界，多一點質疑追問多一點積極建議，能夠保持赤子之心也就是因為有預留一些犯錯的空間邊緣的空隙給自己，因為當中有無限的好奇。

正如從來就離經叛道的美國搖滾樂手Marilyn

Manson在一次對談中，被問及他對受他影響至深的第四性青少年有什麼忠告，他第一時間的回答是，我們不要自以為是過來人，給他們一大堆生活百科寶鑑，重要的是要用心聆聽他們的喜怒哀樂，由他們自己發聲說話，給他們自由和空間。這完全是一矢中的的深入體會和透徹看法，也正因如此，才有資格和青少年在思想行為上接軌，在未來的世界裡有機會跟她們他們了解溝通。

一群早已長大成人但看來還像不羈少年的國際級創作人，興高采烈地參與這次雙年展的展覽部份，當中有長期拍攝街頭青少年成長紀錄的美國導演Larry Clark，他的赤裸的紀實影像從不避諱青少年與性的直接關係；英國雕塑裝置藝術家Jake and Dinos Chapman兄弟班，以卡通和真人玩偶做盡可以做的性與暴力與權力與戰爭與愛的好事壞事；英國時裝攝影師Nick Knight出道早期的一輯拍攝Skinhead光頭青少年一族的照片重新出土；日本當紅藝術家村上隆在他與LV合作花花手袋之前有他的經典雕塑作品「寂寞牛郎」，一個日式卡通男生裸身手淫，射出幻彩精液長長如彩練當空亂舞，孤獨自戀空虛百分百；英國攝影師David Sim亦把與他合作無間的奧地利時裝大師Helmut Lang的名牌世界來一個反名牌的演繹，探討質疑這個成人的時裝世界究竟對青少年價值觀的正反面影響。當然還有從來反叛的德國攝影師Wolgang Tillmans、英國女將Corrine Day，連大姐大川久保玲也不甘後人，可見得真正有心與青少年同聲同氣的老人家還是很積極踴躍。

嘗試找十個就在你身邊的八歲到十六歲的少年男女，問她們他們以下的問題：什麼會令你快樂？你心目中的英雄偶像是誰？你最喜

愛的音樂？你最喜愛的書本？你覺得你的父母最好和最差的地方？你如何能夠令世界變得好一點？當你廿一歲的時候，世界會變成怎樣？

聽聽她們他們如何回答吧！千萬不要扮演裁判或者監護人。無論你同不同意這個第四性的論點，也許第五性和第六性也快要出現，能夠有幸接近其實不應陌生的社會新勢力新動能，你實在不必稀罕一個迂腐的長輩身份。

01. 佛羅倫斯時裝雙年展「第四性」（The Fourth Sex）的平面海報，策展人之一比利時時裝設計師Raf Simons一直對街童文化對青春反叛投入關注。

02. 我們都是這樣長大的？又或者其實你一直都不願意長大，不能長大——

03. 永遠年輕的法國叛逆詩人韓波（Arthur Rimbaud），有如彗星一樣飛逝的他最蔑視的竟是自身洋溢的才華。

04. 容許自己留住艱澀成長的點滴經過，縱使現在看來是如此的幼稚可笑。

05. 為什麼Raf Simons每一季的創作都如此感動人？因為從他對衣服對社會對生命的態度中，我們看到了過去的自己，一種久違了的青春。

06. 曾幾何時共同都擁有過的一件米老鼠T恤，真叫人有點難堪的面對早已變形的身體。

07. 你説他驚世駭俗也好嘩眾取寵也好，美國攝影師兼作家兼導演的Larry Clark讓鏡頭下的年輕人赤裸裸地暴露了無助的身體，以及空虛的精神狀態，也更直接的批判了成人世界的卑劣無能。

08. 英國攝影師David Sims是Raf Simons的合作好拍檔，系列作品"isolated heros"中的街童頭像，從臉容到眼神到髮型，告訴大家什麼叫倔強自信，什麼叫膽色勇氣，什麼叫迷惘失落。

09. 離經叛道的前輩當然少不了尚‧克多（Jean Couteau），一切要犯的錯，一切被狠批的罪，前輩都欣然當作成長要素，甘之如貽。

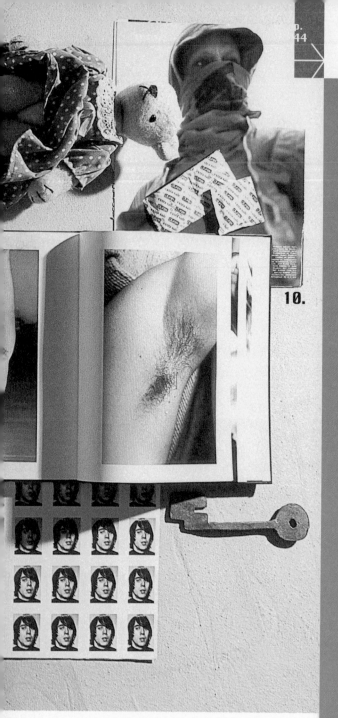

10.

# 延伸閱讀

Windels, Veerls
**Young Belgian Fashion Design**
Amsterdam: Ludion Ghent, 2001

Clark, Larry
**The Perfect Childhood**
Zunich: scalo, 1995

Clark, Larry
**Ken Park**

Cocteau, Jean
**Le Livre Blanc**
London: Peter Owen, 1969

Cocteau, Jean
**Les Enfants Terribles**
London: Penguin Books, 1961

Bonami,Francesco & Simons Raf (edit)
**The Fourth Sex,
Adolescent Extremes**
Florence: Charta, 2003

韓波著，莫諭譯
**韓波詩文集**
台北：桂冠圖書公司，1994

10. RAF SIMONS 2002年春夏系列，全是蒙臉恐怖
份子造型，關注社會現實控訴戰爭罪惡，敢想
敢做都是年輕人的應有責任。

義大利光影

# 燈與光

過了很久很久之後，他才告訴我，其實你不怎麼懂得光。

他大概是指我那沒有什麼燈的房子吧。每當夜晚來臨，偌大的房子裡有好些角落的確是沒法都一一被照明到，尤其是那盞有著裙襬一樣的燈罩的Rosy Angelis地燈退休之後，後繼缺缺，四分之一房間就陷入幽暗。這恐怕是我不懂得燈的安排和運用吧，我只好向他承認，至於光——

懂不懂得光，怎麼說呢？比較幸運的是家裡四壁有三面都是大大小小的窗，光線從來充足，無保留的包圍擁抱。日間留在家裡的機會多，不用怎樣開燈，就像在太陽底下工作，然後黃昏然後黑夜，工作了一整天，晚上也不怎樣做正經事，更鮮有熬夜，所以對燈的實在功能的要求倒真的沒那麼在意，也許是白天心滿意足的擁有了光，到了夜裡就該肆意的留在黑暗裡吧。

留在黑暗裡，這樣說恐怕又輸了港產警匪片諸如《PTU》或者《無間道》的光。身為香港人，不得不投入支持本地創作，甚至多少代入角色：縱使我沒有資格投考警察（因為近視）更沒有資格當黑幫（因為怕血），但倒承認香港人在入黑之後彷彿更立體，輪廓更分明性格更突出，因為有了陰暗面，一切更戲劇也更現實，香港更出色香港人更有趣。

既然在暗地裡可以快樂，也就更輕鬆地去處理光去認識燈。功能不功能，不是最要緊的計算。一個半天吊而且有點搖晃的燈泡可以發揮它的孤單寒微的魅力，一束三四十個燈泡纏在一起也有它刻意鋪張的表現力。自問挑一盞燈首先考慮的不是它夠不夠光，倒是它長得好不好看。

好看的燈不亮著，彷彿也有光。這麼多年來隔年

一度的義大利米蘭國際燈飾大展，與傢具展同時同場舉行，每趟都叫人看得很有趣味。因為要讓燈更亮，會場都是暗暗的，無論你是否走得累了，窩在沙發裡很容易就舒服得迷糊起來，面前的燈就更好看了。

當年愛迪生先生把碳捧揉成細絲，在眾多實驗者當中脫穎而出成為發光發亮的首富。從一個赤裸裸的燈泡開始，百多年間走過不慌不忙，由簡入繁，又自繁轉簡，電燈照明科技研究已經發展到一個相當成熟的階段。但說到一般家用的照明燈飾，倒還是風格造型上的潮流興替，不太沾得上革命的邊，燈泡壞了就簡單的換一個，光管換一條。再來也就是開關接觸光線方向調節的靈活方便與否，實在變化多端的是眾多設計師們的借題發揮，各自給予光一種演繹一個定義。

光是輕的還是重的？光是硬的還是軟的？光是冷的還是暖的？問我都答不上來，答案恐怕都是。家裡書桌上的沙發側的床頭的檯燈地燈，各自光亮，都是義大利品牌──是一種信心一種保證吧，也真的都在身邊十年或以上，就像我們其實對光有所依賴。光代表穩妥、安全，甚至是興盛和繁華。光，這麼抽象又這麼實在，又如此直接的與家的意象並存。夜裡回家，開燈，家就在你面前展開，是收拾整齊的樣品屋是混亂堆積的豬狗窩，沒關係，反正都是你自己安排的選擇的，也許心滿意足也許有待改善，燈光到處，看得見有期待，燈光覆蓋範圍以外看不見的，也就算了。家，是如此包容的一個地方。

看過這許多許多的燈飾，未推陳就出新，古老的玻璃新研的塑料厚薄的金屬疊摺的布料，輪流剪裁拼貼，作太陽放射狀成飛碟飛船型，作陰柔月亮狀成花草精靈樣，還有作救世十字狀的成絕世獨立柱體的，想得出做得到，成功的接近精練的詩，失敗的像結不了尾的散文，也有野心如氣勢磅礴的電影劇本，只要不直望光源，找個舒服位置適當角度把你家裡好像熟悉不過的燈望上十分鐘，你會重新認識它，再次決定熱愛是否有增無減，或者明天就請它退休。

一直有如身邊守護神的這三盞家裡的燈，除了裙擺髒了破了不好意思見客所以退下來的地燈 Rosy Angelis，是胖子 Philippe Starck 的設計由 FLOS 廠商生產；另外兩盞好好伴著我的，是工業性格鋼臂鋼線外露的 Tolomeo，Michele De Lucchi 和 Giancarlo Fassina 的設計，ARTEMIDE 的長年熱賣；一是 LUCE PLAN 的經典 Constanza，由 Paolo Rizzatto 設計，用一塊塑膠片和一管鋁條連接底座 DIY 構成，輕巧簡約至極，彷彿告訴世人，我就是燈，我就是光。

走訪過眾多身邊好友，暗暗做過一個小統計，發覺大多數的家裡用的燈飾都是義大利好牌子，而且一談起燈說起光，都興致勃勃。在學校裡當老師的他會仔細的告訴我關於義大利燈飾龍頭老大 ARTEMIDE 創業四十多年來的歷史，對大部份產品名稱長相如數家珍，好像比推銷員還要熟悉其創辦人 Ernesto Gismondo 跟 Sergio Mazza 怎樣從一點到一線到一片光的照顧了千家萬戶。近年的 ARTEMIDE 更以 "The Human Light" 為設計行銷方向，緊扣人文關懷日常行為動作，難怪作為一個普通消費者的他也會被深深感動。至於經常飛來飛去做時裝名牌買手的她，卻鍾情另一個燈飾牌子 FOSCARINI。因為 FOSCARINI 的設計刻意採用時尚流行的顏色和物料，打著 "fashion lighting" 的旗

號，設計師們都是行內當紅新銳如 Marc
Sadler、Particia Urquiola、Karim Rashid 等等，
很有一種眼前一亮的鋒芒。一直聆聽他的熱
烈她的興奮，我當然要為我喜愛的品牌
FLOS 說幾句話：前輩大師 Achille
Castiglioni 的眾多經典如鋼臂 Arco、鋼頭
Splugen Brau、燈泡團隊 Tarazacum、通透圓錐
組合 Fucsia、飛碟 Frisbi、超大燈泡 Lampadina
……都是 FLOS 的出品；加上 Philippe Starck
一系列浪漫又搞怪的三腳裙擺 Rosy Angelis，
半透玻璃 Romeo Moon、Romeo Soft，牛角尖
Ara，不要忘了有 Jasper Morrison 的半空湯圓
Glo-Ball，Antonio Citterio 的線路板吊燈
Lastra，以及 Marc Newson 那個沈甸甸的全鋁
超酷手電筒，都是詩意盎然帶引你我漫遊遐
想的燈與光。

從來由衷的羨慕我的義大利朋友也是絕對有
理由的：一個如此重視家、家居生活和家人
關係的民族，理所當然的培養出國際一流的
傢具設計師和燈飾設計師，打造出最講究最
有個人風格的家居室內空間。

如果不小心在義大利談起戀愛來，他或者她
很可能在你耳邊溫柔的暱稱你是 Luce degli
occhi miei，我眼中的光——

在被義大利情人迷倒之前，你不妨也跟一向
愛祖國用國貨的他或者她說，我愛你，也更
愛你家裡的義大利燈和光。

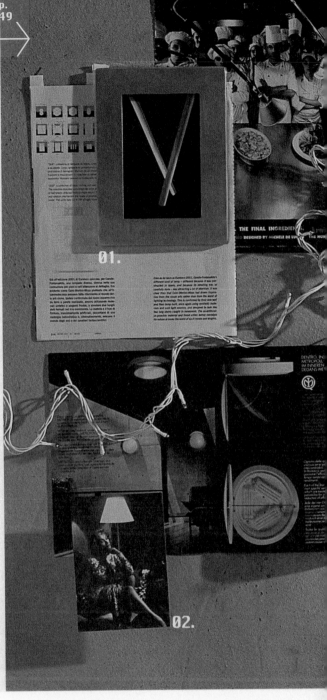

01. 管它是否太空黑武士的發光寶劍，一擺一放有
　　如藝術裝置的地燈作品是建築設計師 Calvi
　　Merlini Moya 的作品，由一向鼓勵實驗創作的
　　FONTANA ARTE 出品。

02. LUCE PLAN 的經典熱賣 Constanza，簡單精準
　　的告訴大家這就是燈這就是光。

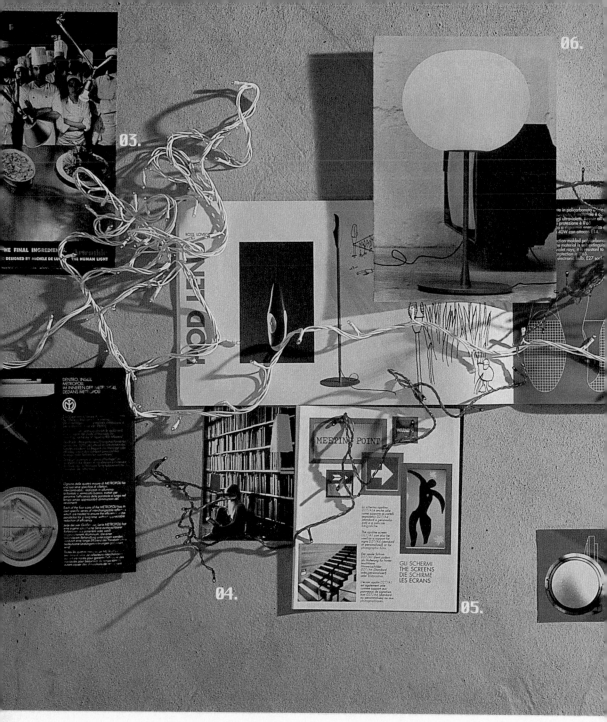

03. 有了光就有了面前的色香味。ARTEMIDE的平
面廣告中尊稱光為"The Final Ingredients",直
接有效地打動天下間饞嘴為食的如你我。

04. 節日燈飾有高檔有平價,幾十元換來普天同慶。

05. 喚作screens的一組公共空間照明燈箱,又不妨
考慮利用在家裡成裝置。

06. 總叫我想起糯米湯圓的地燈Glo-ball是英國設
計師Jasper Morrison 1998年為FLO設計的
幽默玩意。

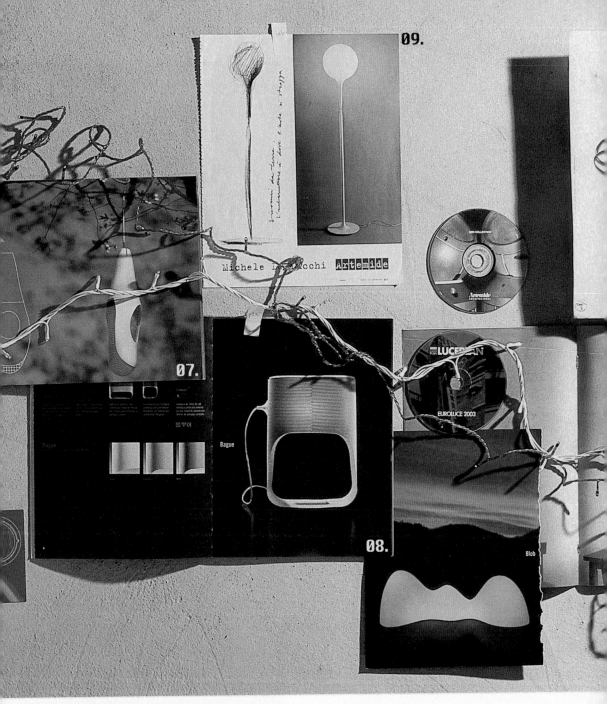

07. 戶外照明的新寵，一向熱衷有機形體造型的Ross Lovegrove設計有可座地可懸掛的pod lens，耐潮耐雨耐雪全天候。

08. 精彩的燈飾常常也有如雕塑作品，兩位女設計師Patricia Urquiola和Eliana Gerotto合作，可觸可感，冷暖並存。

09. 越戰越勇的義大利老將Michele De Lucchi從未叫我們失望，看似簡單一座圓球地燈，開關在中段的小鋼環處，好一個優美巧妙的安排！

# 延伸閱讀

www.artemide.com

www.fontanaarte.com

www.flos.net

www.luceplan.it

www.prandina.it

www.foscarini.com

10. 經典中的經典，Michele De Lucchi與Giancarlo Fassina在1987年的設計作品Tolomeo，從檯燈版本一直發揚光大，發展至2001年的多臂吊燈且有不同燈罩，又是另一高潮。

11. 功成身退叫人永遠懷念的Achille Castiglioni在FLOS旗下設計的都成燈飾經典，酷得可以的這座吊燈Diabolo是1998年的成品。

# 好看電視機

如果電視節目不怎麼好看，就讓我們來看看電視機吧。

最近在替一位朋友裝修整理房子，大刀闊斧去舊迎新之際打算替他重新在客廳在睡房以及廚房小飯廳都安排不同的電視和音響組合——客廳的一面鋪色的青板石牆上浮懸的當然應該是Plasma超薄機身螢幕；臥房裡可以藏在牆面衣櫃中的當然也就是乾乾淨淨的方角版本，外殼線條和顏色都得好好和俐落簡單的衣櫃配襯；至於特設小圓檯小吧凳在廚房角落方便這個只懂煎蛋和泡麵的主人深宵弄點吃的空間，也必須方便他邊吃邊看，就給你買一台義大利老牌BRIONVEGA的Algol復刻版——1964年首度推出的11吋手提電視機吧，sun orange陽光橘子、moon grey月亮灰，以及night black深夜黑三種漂亮的外殼顏色，一時間要決定，倒是有少許困難。

早在那些厚厚的設計教科參考書中被它引誘過，首次跟它面對面是三年前米蘭傢具展中，每個傢具名牌都把它放在沙發邊床沿上，配角比主角更出色迷人。作為六〇年代黃金時期入得睡房廚房出得廳堂以至陽台的經典，Algol長得實在酷。當我們現在籠統的把這些家電都列入懷舊精品項目，倒也要知道在當年卻是前衛突破。當大家都還是正正經經乖乖坐在客廳沙發中面對那台有如酒櫃一樣穩重龐大的電視，BRIONVEGA就刻意要打破這個沉悶的日常格局。小巧的11吋畫面，顯像螢幕微微向上傾，方便從不同角度坐著躺著懶懶觀影，可以推摺的不鏽鋼手把方便大家把這個淨重7公斤、27.5 x 26.5 x 35厘米的小可愛攜來帶去，就連那支長長的可以伸縮的接收天線，也有一種久違了的驚喜，如果你要把它帶著出遠門，還有一個一樣酷極了的鋁金屬箱子可以自行配套。

大有大的霸道厲害，小有小的輕巧精美，大家日常帶在身邊的可以拍照的行動電話，可以儲存三

千首歌的ipod，可以隨時隨地工作（！）以及娛樂（！！）的手提電腦，還有那直接反映呈現你的人脈的PDA，以及其他種種想得出做得到的玩意，都在日新月異的提供滿足和誘惑，如果有一天看見有人輕鬆地手提一台Algol電視機像手提一個有村上隆設計圖案的LV花花手袋走在街上的話，該向他或她點頭微笑甚至鼓掌。群眾當中的流行就是這樣，不必有太理性的原因，即使背後有策動者異常精準的部署和計算。

儘管現在復刻推出市場一時又成為時尚流行話題的BRIONVEGA Algol系列，已經不是由原來的義大利Brion家族經營，但好事八卦探源溯流，還是要向當年膽色過人的Giuseppe及Rina Brion夫婦及其兒子Ennio Brion致敬。由生產無線電零件開始，Giuseppe在1945年成立的小工廠開始設計生產收音機，也剛巧趕上電視機普及的風潮，在1954年生產了首部裡裡外外全於義大利生產的黑白電視機。打從一開始，Brion家族就不把電視機的設計生產純粹地只是當成又一件家中的電器用品，而是把它看作能夠配合家居室內環境氛圍的必要「傢具」，傳送訊息的電視本身也得是訊息本身，從即時流行到貴為經典，是某一種意義上的時間囊。

Brion家族的過人識見也在於勇於與第一線設計師創意人緊密合作，當中顯赫大名有義大利工業設計的殿堂級教父人馬如於2002年離世的Achille Gastiglioni，老當益壯的Marco Zanuso、Mario Bellini，還有旅居米蘭多年原籍德國的Richard Sapper……，這批各自精彩的大師都是原創能量頂級、專業態度嚴謹的行中翹楚，直承現代主義顛峰期的精準無瑕，那邊拋出一個弧，這裡收成一個直角，完全是功能與形體好好結合的優美表現。隔了半個世紀再重新認識大師當年傑作，似乎

也難於在時下設計中輕易找出可以媲美的好樣的。

當年為BRIONVEGA一連設計了好些頻頻奪獲義大利工業設計界最高榮譽金指南針獎的好拍檔Marco Zanuso和Richard Sapper，不愧是一群設計師後輩的終生偶像。出身於米蘭理工學院建築系，自組建築設計事務所，也兼任設計龍頭雜誌DOMUS、CASABELLA主編的Zanuso，在其漫長的設計生涯中，從替ALESSI設計不鏽鋼餐具，為KARTELL設計層疊式塑膠兒童單椅，以至西門子的電話、OLIVETTI的廠房，每一回都把消費市場對現有產品的既定概念來一趟挑戰顛覆。拍檔Richard Zapper畢業於慕尼黑大學機械工程及經濟學系，早期在MERCEDES-BENZ負責汽車造型設計，之後移居米蘭進入建築設計大師Gio Ponti的工作室，又在百貨店LA RINASCENTE的設計部門當主管，直至遇上Marco Zanuso合夥共事，精彩設計一浪接一浪。1972年Sapper獨力為ARTEMIDE燈具廠設計的Tizio檯燈，力學簡單原理出神入化演繹，提放自如，是無數建築設計師檯頭的必定首選。1982年為ALESSI設計的9090型號咖啡壺和第一個「設計師」水壺"The Kettle"，燒開了水，蒸氣從改造成氣笛的壺嘴噴出，聲響彷似萊茵河上蒸氣輪笛。還記得當年作為「追星一族」的小小設計學生，把資助獎學金稍稍撥拿來買給自己的第一份大師設計的禮，就是這個響得高興高貴的水壺。一向饞嘴的我當然作夢也會夢到Sapper為ALESSI設計的一整系列五星級廚師專用廚具Cintura di Orione，彷彿在此之前從沒看過比例這樣妥當精準的設計，大大小小銅的鋼的平鍋高鍋沉沉拎在捧在手裡，彷彿用來燒什麼菜都會好吃。

話說回來，兩個拍檔在1958年到77年合夥期

01.

間為 **BRIONVEGA** 設計的好幾款電視：1962
年的14吋Doney，圓圓的真空吸塑造型用兩
根鋼管組成的腳座托起，輕重得宜；1964年
的11吋Algol，一推出便促成新一代手提電視
風尚；1969年設計的酷得極緻的 Black
ST201，螢幕未打開之前完全是正面無縫的
黑箱一個，所有調節按鈕安放在箱子正上
方，風格化到絕頂。當中還有1964年設計的
TS502收音機，盒式對開，與Algol是相互呼
應的同門好兄弟。

投資生產製造，當然不是小本經營的兒戲玩
意，投資人的膽色器量，設計師的驕人創
意，計算配合得好便如魚得水，一旦稍有差
池也是叫人頭大的相互拖累。國際設計產品
市場競爭慘烈，眾多歐洲設計從汽車到家
電到家用雜貨，為何敗陣在日本設計之
下，來龍去脈還得花時間弄個明白，但
**BRIONVEGA**三度易主，也正正說明這一條
漫漫長路考驗的是耐力和韌性。作為一個好
形好款好色的消費者，光是看這一場又一場
地盤攻守位置爭奪，已經足夠目瞪口呆，唯
是這一切還未拍成電視連續劇而已。

當電視螢幕中的節目不怎麼樣，我們倒真的
要選一部像樣的電視，但我們一不留神中了
某種毒，管他是深宵越洋球賽，濫情中西爛
片，心驚膽跳突發新聞，我們都不約而同張
開嘴巴定睛守在螢幕前，實在也顧不了電視
機長什麼樣，只要有個看得清楚的畫面，或
大或小，均可。

02.

01. 酷得要命的RR126型號唱盤連揚聲器，是義大
利設計壇兄弟班組合Achille和Pier Giacomo
Castiglioni早在1965年為BRIONVEGA設計的
經典。

02. 拎著Doney十四吋畫面手提電視，可以和身旁
經過的航天太空人打招呼。設計壇前輩Marco
Zanuso與Richard Sapper在1962的設計。

03. 原版復刻的BRIONVEGA TS502折合式收音
機，1964年時由Marco Zanuso及Richard
Sapper合作設計，近年再度推出也立刻成潮流
熱賣。

04. 經典中的經典，淨重7kg的手提十一吋畫面電
視喚作Algol，是平面方角超薄掛牆以外的活動
選擇。

05. 老好時代有他值得驕傲的理由，ST201霧黑版本電視機是名乎其實的四方黑盒，拔掉插頭連螢幕前方也是黑的！

06. 文藝復興巨匠Giotto被尊崇為色彩與形體的建築師，有這樣的老祖宗，難怪有毫不遜色的後來創作者。

07. 正面看看Algol那昂首的驕傲。

08. 早就在義大利縈根創業的德國設計師Richard Sapper，多年來與頂尖義大利設計師合作無間，精彩作品無數。

意大利人

**10.**

**09.**

## 延伸閱讀

www.brionvege.com

www.design-conscious.co.uk

www.io.tudelft.nl/public/vdm/fda/
zanuso/zan70.htm

rsapper@it.ibm.com

Fiell, Charlotte & Peter
**Industrial Design A-Z**
Koln: Taschen, 2000

Guillaud, Jacqueline & Maurice
**Giotto, Architect of Color
and Form**
Paris-New York: Guillaud Press, 1987

09. 作為Sapper的多年合作夥伴，Marco Zanuso是
義大利設計壇的領導人物：從設計龍頭雜誌
*DOMUS*的編輯到米蘭理工大學教授，工業和
建築設計作品更是俯拾皆是。

10. 摸摸有點瘀的錢包，還足夠買一部心儀已久的
橘色版本Algol嗎？

# 封閉的透明

淫雨霏霏，是那種打起傘穿上雨衣又覺得累贅，完全無防備又肯定會濕淋淋的狀態。四月中的米蘭街頭，原來也很有清明掃墓的氣氛——掃墓跟朝聖總好像有點怪怪的關係，對，我們這一群來自五湖四海的來朝聖的設計師、建築師、相關業界、媒體以及專業八卦人士，在這個每年一度的最厲害的國際傢具設計大展會場內外，在這連綿一百四十四小時的紛紛細雨中，邊走邊怨也還是笑咪咪從一個場館走到另一個陳列室再走到另一個展覽地，期盼著推門進去，面前會有設計壇老將新秀的又一個創意驚喜。

城西南Porta Genvoa運河水道旁的Tortona區，是近年重新再開發改建的一個工廠區。好些時裝品牌的大本營、建築設計工作室、產品開發研究單位都開始陸續遷到這區。從前寬敞高大的舊廠房，也自然改裝成這些傢具廠商每年展出最新系列的首選場地。早早做好功課的我一手拿著一年比一年厚的展覽場地指南（分佈全城共有兩百多個大小展覽！），一手拿著街道詳圖，揹著沿路收集的沈甸甸的產品目錄新聞發佈，逐家逐戶串門，看罷這個地下室小角落的一個新秀的玻璃創作，又鑽進一個巨大有如失修教堂的倉庫裡。來自十二個國家地區的三十個生產單位熱熱鬧鬧地陳列著最新產品，老實說，花多眼亂，加上室內室外乾乾濕濕冷冷熱熱，走不到兩三小時，就有累得要命的感覺。

既然老遠來到這區，還是得把這附近要看的都看完。近乎迷路的兜兜轉轉，不遠處又出現了作為展覽場地標記的紅布條幅，趨前一看，天呀，原來在這兒！

這裡是TEATRO ARMANI，舉足輕重的國際時裝巨人Giorgio Armani每年展出其季度系列的自家場地，請來的是心儀已久的首席偶像級日本建築師

安藤忠雄（Tadao Ando）規劃設計的整個空間。說起安藤，腦海中馬上出現的當然是那纖柔若絲的且保留施工坑洞的清水混凝土牆面；那些極具象徵意義的立柱；那些簡潔的幾何體交疊組織結構出的奇異空間；鋼材、玻璃、木料的靈活配搭運用；光與暗，風與水的巧妙出現……。要用文字去形容一個建築空間給人的實在感受總自覺笨拙，所以你得準備好，親身走進去——

甫進門，一條十多人並排可走的長廊就在你眼前，微微上坡，整整一百米的半途左側開始有一列十數根不到樓頂的清水混凝土方柱，呼應你步行的呼吸節奏。右側整幅牆身當然也是混凝土，如絲的滑溜讓人忍不住停下來偷偷撫摸，厲害的是某段落開了一扇面向中庭的整扇落地大窗，中庭無花無草，卻是一片如鏡的淺水，反照建築物外牆同樣筆挺輕巧的直線，以及天光雲影——我幸運，微微細雨叫水面微微有細密漣漪，不是一般日常景色——

長廊盡頭是高潮所在，一對包裹上鋅片的巨大圓柱直穿天花板，仿日光的照明從柱頭天花板瀉下，右側是弧形傾斜巨牆，一組透明玻璃發光燈箱接待櫃台有如裝置藝術，正對面就是劇場入口。推開鋅板金屬門，裡面是多達七百座位且可隨時改變活動形式的多功能場地，可以想像服裝秀當晚一票時裝人也有抱著朝聖心情而來的吧，朝Armani的聖，朝Ando的聖——這個簡約至極的空間環境又真的像一個叫心靈滌盪清澈的教堂，大家安安靜靜，完全地開放自己的觸覺去感應，上帝就在細節之中。

說來也是，在安藤忠雄還不到卅年的創作生涯中，近一百五十項的作品和方案設計各自

精彩，當中常常被提及的正就是位於神戶六甲山頂的「風的教堂」，北海道夕張山脈的「水的教堂」，以及大阪城郊茨木市北春日上的「光的教堂」，把風把水把光各自配合特定場所環境，引進教堂的純粹空間內，聖壇十字架所在，就有風有光有水，大自然的神聖在這裡以一種抽象的方式得以表現，詩意得震撼驚人。

還記得第一次走進安藤的建築環境中，是京都高瀨川河邊的一幢高低錯落，路徑復合回游的商業建築。忽地著迷的我第一次處身置地感受到混凝土牆原來絕不粗糙，陽光直射折射投下來的光影叫這簡單不過的素材有著溫柔的神奇的魅力，也清楚地說明了哪怕是最平凡的幾何形體組合，也可以有不平凡的結構表現。後來在東京南青山的Collezione，立體迷宮一般的建築裡走上走下，看到的天空都是弧形的，圍在四壁水泥牆內也一點不偏促，反是更有想像可能更有節奏秩序。

安藤說過，他喜愛的簡單材料及其質感的微妙關係突出了單純的空間構成，促使人們有意識的去與光和風等自然因素對話。而他常常用混凝土來圍合建構起封閉的空間，首要意義是在社會中創造一個屬於自己的個人區域，為的是要與那強調整體結構，個體服從社會的官僚政治社會區隔開來。以一個可居住的、有生機的環境來聚集那些強有力的個體，養精蓄銳，去拒抗那些晦暗麻木的環境以及人事——如此說來，他設計的眾多私人住宅公共住宅，商場劇院博物館，原來也是某一種意義上的教堂，也都希望「參與」生活其中的人，能夠因為建築空間的感召，去沉澱個人思緒，去思索自身路向。安藤相信建築，也以無比的韌性，從一而終的堅持他獨特的建築語言和理念，紮根本土近廿年方才

p.
61 →

踏進國際舞台，躍昇至建築世界大師級位
置。

從未正式修讀建築，完全從木匠學徒手工實
踐出身，走遍日本國內古建築群，又周遊列
國在大師建築中感受建築研究建築，從鑽研
西方歷史建築的代表作及其相關的幾何形
態，細讀現代主義大師勒‧柯布西埃、密斯
和賴特等人的理念，安藤更認定自己的日本
文化身份──日本傳統的數寄屋建築形式和
背後精緻凝縮的精神情感，加上鄉間農舍的
親和簡潔美學，都是他的建築設計理念的出
發點，他宣言式的以自身的創作實踐批判了
叫全球民眾性格模糊的國際化的經濟掛帥的
建築現況，用心良苦的大力鼓勵個性化的、
充滿驚奇和發現的自主的建築。

避雨不是一個藉口，可我在 TEATRO
ARMANI 的逗留時間快兩個小時了，徘徊走
來走去叫守衛人員也開始起疑心。可我還是
在那裡一時抬頭良久注視，一時沿牆東摸西
摸，說真的，除了那中庭的一扇窗，那一片
天光水影，這個空間是封閉的。但也正因為
封閉，騰飛想像的力量得以在這個潔淨的環
境裡迅速聚合，滿注胸臆。關於生活關於社
會關於創作關於理想……忽然間，面前封閉
的空間清晰純粹的透明起來──

01. 是誰誤傳無論什麼男人一穿上ARMANI都肯
定會比從前好看？這個世界還是有一種東西
叫氣質。

02. 偷偷輕撫那滑溜如絲的清水混凝土牆面，想不
到不遠處也有男有女在偷偷做同一動作。

03. ARMANI CASA是千禧年秋季首度發表的
    ARMANI傢具系列，洗練俐落的商標似乎說
    明了一切精要。

04. 米蘭Four Seasons Hotel的簡潔幽雅與Giorgio
    Armani本人的設計理念相互呼應。

05. 線條俐落，質料講究，說到底是一種高度平衡
    的控制。

06. 典型的ARMANI女裝剪裁，華貴物料細節講究，卻依然是那種俐落的造型方向。

07. 春夏與秋冬兩季的轟動盛會，都在自家劇場的天橋上進行。

08. 早就放棄朝九晚五正常工作節奏的我，倒是偶爾會羨慕別人可以穿一整套ARMANI上班。

09. 雨中漫步優雅依然，ARMANI終究有其迷人之處。

延伸閱讀

www.giorgioarmani.com

www.greatbuildings.com/
architects/Tadao_Ando.html

www.arcspace.com/architects/
ando/Ando_Exhibition/

安藤忠雄著　謝宗哲譯
**安藤忠雄的都市徬徨**
台北：田園城市，2002

Plummer, Henry
**Light in Japanese Architecture**
Japan: a+u publishing co ltd, 1995

Manelter, Marion
**Dressing in the Dark**
New York: Assouline, 2002

10. 位於米蘭市中心區的ARMANI設計工作總部，
　　 一貫嚴格控制的企業形象。

11. 識英雄重英雄，安藤忠雄與Giorgio Armani合
　　 作無間，奠基於對生活品質工作表現的完美
　　 要求。

# 美醜陳列室

碰上一個很醜的人,你該怎麼辦?

老爸告訴我他的一個親身經驗,某年他在日本旅行,照樣膽大心細東鑽西闖找他的作畫題材。有天坐在通勤電車上,對面是一個樣貌奇醜的人(他甚至只跟我說是一個人,醜得是男是女也分不清楚?!),老爸忽然明白那些日本國寶級浮世繪裡出現的爭獰妖怪面目原來真有其人,他有點不好意思大抵也有點憐憫的一望再望三望,人家卻是氣定神閒甚至微微一笑,老爸很是尷尬,借點意換個位置坐得遠遠的,又忍不住掏出速寫簿第一時間把記憶中的醜臉——還有觀者的唐突被觀者的寬容以至寬恕,一一描畫下來。

如果碰上一個很醜的城市,又該怎麼辦?

不怕得罪,你是説法蘭克福?米蘭?深圳還是台北?

沒辦法,有些城市天生漂亮,巴黎、北京、紐約、佛羅倫斯甚至香港,靠山有山靠水有水,自然就把其他無甚景觀的城市比下來,幸而地靈不絕對人傑,也因為天生知醜而更激發鬥志潛能,因為醜,所以富裕繁榮蓬勃的例子,竟也不少。

作為一個小小的個體,在城市中生活,對一個城市的美與醜,引以為傲或者自慚形穢,很大程度看你對這個城市的感情深淺,有多少參與以及投入。有人爭取做主人,有義務有權利,事事勞力勞心。有人退一步做一個房客,隔岸觀火隨時拎著家當搬來搬去。亦有越來越多的過客如我,在城市與城市之間半公半私的遊蕩,感情飄忽——一時比當地人更當地,一時消失得無蹤無影。敏感直覺面前種種美醜,從眼前一亮到眼前一黑,人、草木、風向、光影、建築、室內、氣氛、滋味……城市的先天和後天的美醜層層疊疊,有時

粗糙有時細緻的撕起剝開，實在享受。

義大利友人Davide本來好好的住在米蘭市中心，可是最近幾年數度搬家，越搬越往我的認知範圍以外的「山裡」（？）去。好奇地問他為什麼寧願每天上下班開那麼幾小時的車，是否只把米蘭當作上班的辦公室？不，他說，米蘭是一個陳列室。

Davide是我認識的義大利朋友中鮮有的一邊說話卻沒有諸多手勢的。也就是他的平靜更叫我摸不透他所指的陳列室究竟是褒是貶。我們認識米蘭，的確是因為它一年四季（比較行內專業的說法是春夏／秋冬兩季）都向全世界展示義大利設計的最新最美，從時裝到傢具到家用的工業用的各式產品，都在最謹慎計算的市場策略計算，最細緻完備的制度關係下，一一恰如其分在米蘭市內成千上萬個不同的陳列櫥窗裡展示。

由於眾所周知的義大利民族性的關係，無論有多少延誤爭吵，無論開幕前的一刻是如何失控混亂，到最後還是轟的一聲給各位來賓一個驚嘆，啊，真美！一次又一次，不得不由衷折服。

老實說，這麼多年來像候鳥一樣往米蘭飛，不為米蘭的山米蘭的水（因為根本欠缺！），甚至也不為那些花多眼亂層出不窮的傢具產品（也許是過度熱衷的後遺冷感！），倒是始終期待那種看秀的鬧哄哄（唉，原來又是八卦！），欣賞當事人如何把一堆有趣的沒趣的產品貨物可以包裝成陳設得跳脫出色，如何被看到比其實是什麼更重要，難怪裝置是一種藝術。

面前的矮小個子是Ferruccio Laviani，四十四歲，百分百米蘭人，你在什麼一百個全球設計新秀的厚厚事典中未必找得到他的履歷，但他卻是不折不扣的幕後設計高手——在你看到一切經典的前衛的莊重的實驗的設計品之前，他早已一一了解認識過，然後替它們安排「居所」。他，是米蘭最紅最熱的展覽陳列設計師。

每年米蘭國際傢具展，展場21號館都是義大利一級傢具名牌惡鬥的戰場，也就是Ferruccio和眾對手們一較高下的時候。其實這場龍爭虎鬥也是一家親的遊戲，系出米蘭理工大學建築設計系，教授學生師傅徒弟，承先啟後繼往開來，同聲同氣都為義大利設計發熱爭光。事師國寶級設計大師Achille Castiglioni的Ferruccio，滿懷崇敬的憶起這位去年高齡辭世的亦師亦友的長輩，難忘的是當年每一節有如脫口秀的講課，也珍惜畢業後有幸能與Achille Castiglioni合作設計不少展覽會場陳設，更為生產商MOROSO合作設計名為40/80的一把鋼腳布椅——40和80分別是學生和老師的真實年齡，Ferruccio笑說他最成功的是Remix了Achille，老先生的無窮創意有了新演繹，毫不因循守舊是一個開放自由的最佳創作條件。

在成立自家的設計工作室之前，Ferruccio一直跟隨當年MEMPHIS團隊的創始人Michelle de Lucchi工作，深受MEMPHIS設計精神中那種天馬行空大膽戲謔的風格影響——這也是日後Ferruccio能夠靈活彈性地把每季更替的陳列室搞得有聲有色的原因。不拘一格，深明追求的不是什麼永垂不朽，倒也輕鬆的與時並進，創造了時尚潮流的亮麗瞬間，周圍的歡呼喝采原來也很重要很真實。

當紅的Ferruccio近年一直替財雄勢大的義大

利傢具和燈飾廠商如KARTELL、MOROSO、FLOS等等設計每年在傢具展場的陳列裝置，特別是KARTELL的攤位，更是每年的談論焦點。無論是1997年的全塑料純白空間配上特大投射螢幕，還是1999年KARTELL創業五十周年的大紅喜慶出動紅色機械臂現場示範生產流程，Ferruccio總是有辦法踢走沉悶帶來歡樂。如此說來，斤斤計較美醜也顯得過份拘謹——美中有難言之隱，醜而不陋也該有趣。陳列室就是陳列室，一個城市如果註定是陳列室，就得發揮得淋漓盡致，令觀眾來者能夠在愉悅中有所感有所得，能否教育提昇也就看各位的素質了。

年方四十四的Ferruccio分明是義大利設計界「幕後」的中流砥柱。滿懷熱情鬥志地從前輩手中接過棒——他近五年來為傢具展的新秀衛星館設計的幾萬呎偌大會場，更是青春十足活力無限。每年在色彩繽紛熱鬧場中看到來自五湖四海的未來新星，在這個放大了的陳列室中又躺又坐有說有笑，工作和遊戲和生活渾然接合，就越來越明白這些風格化了的設計生活陳列，其實呈現的不是遙不可及的夢，而且這夢，永遠年輕。

單件設計作品不多的Ferruccio其實在出道早年設計過一個叫人印象深刻的座地燈——有如太空火箭腳座的燈架上裝有五塊大小形狀不一的彩色玻璃，很有節日歡樂氣氛很卡通也很時尚，喚作Orbital的這個設計成了燈飾廠商FOSCARINI的招牌經典，也將設計者的肆無忌憚表露無遺——Ferruccio在他工作室的進門大牆上大字書寫上另一位義大利設計前輩Bruno Munari的經典名句：「每顆雞蛋都有一個完美的形體，雖然它都是從髒髒的屁眼跑出來的」。

p.
67

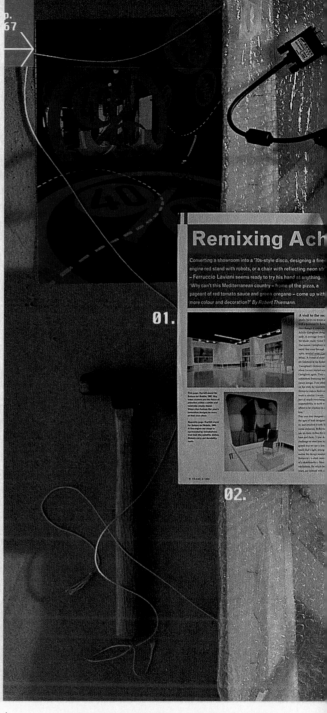

01. 1999年於MOROSO的陳列室中新舊兩代人擦出火花，當年40歲的Ferruccio Laviani與80歲的Achille Castiglioni合作設計一把鋼腳布椅，並以螢光裝置出一個無年齡界限的空間。

02. 歷年來米蘭國際傢具大展中的KARTELL攤位設計，都出自Laviani之手，好評不絕推動年復一年更上層樓。

# Remixing Achille

Converting a showroom into a '70s-style disco, designing a fire-engine red stand with robots, or a chair with reflecting neon strips – Ferruccio Laviani seems ready to try his hand at anything. 'Why can't this Mediterranean country – home of the pizza, a pageant of red tomato sauce and green oregano – come up with more colour and decoration?' *By Robert Thiemann*

フェルッチオ・ラビアーニ
Ferruccio Laviani

**A visit to the reception room** of Ferruccio Laviani's studio turns no doubt to the occasion of his inspiration. For the past few moments in Parnell Almost. The rug, has a perfect furniture dongh it concedes in cracks to. The chelsea long-flat, Achille Castiglioni designed for this Snoopy items for uniforms table. A message from the old master recorded on the bottom of the shade reads 'Good luck, Ferruccio.'

That names Castiglioni and, in a lesser degree, Mozart form a link world that runs through Laviani's career. The architect, born in 1960, studied under Castiglioni at the Polytechnic University of Milan. A friend of mine decided to study architecture, and I was also hollered in his footsteps,' he says and then adds, 'Castiglioni's lectures were genuine one-man shows.' In 1988, when Laviani started working for Studio De Lucchi, he met into Castiglioni again. That collaborated on several projects, including exhibitions featuring the work of Vico Magistretti and Vallné Enrico design. Even after 1990, the year in which Laviani set out on his own, he maintained close contact with Castiglioni.

Ferruccio enjoys their collaborative efforts. 'People say that we work in similar I strictly fairly,' he remarks with a laugh that's part of much everything he said. 'It's fantastic, but also a big responsibility, to work with that sort of Italian design. You can't afford to be slipshod in any way. I learn a lot from working with him.'

That year they designed the spatha attraction, an appreciation of the ages of both designers by Moroso. They took a length of fabric and attached it with fabrics to a frame made of two tubular metal elements. Reflecting neon strips of the type that consent into its their clothes the light may grotesque decorate the fabric bare and dieric. 'I just sublidic's work. It's perfect.' But I found it a challenge to meet him in a direction that will rest in him. I suggested that we use a one form, a material fixed the opening mould that's light, strong and trim-dreame. It's this material that realise the design window. And the newity? That was just for fun! Ferruccio's a short man wearing a shaved head and the 'oxidbral of a skateboarder'. That is how Lau, his designs his friends and exhibitions, for which he's however quite well known in recent years, are imbued with a wonderful sense of humour. Last time,

Soft on about '70s/80'

What's missing in today's young designers?

**40/80**

**03.**

---

03. 喚作40/80的鋼腳布椅・輕巧隨機・小聰明大智慧的組合。

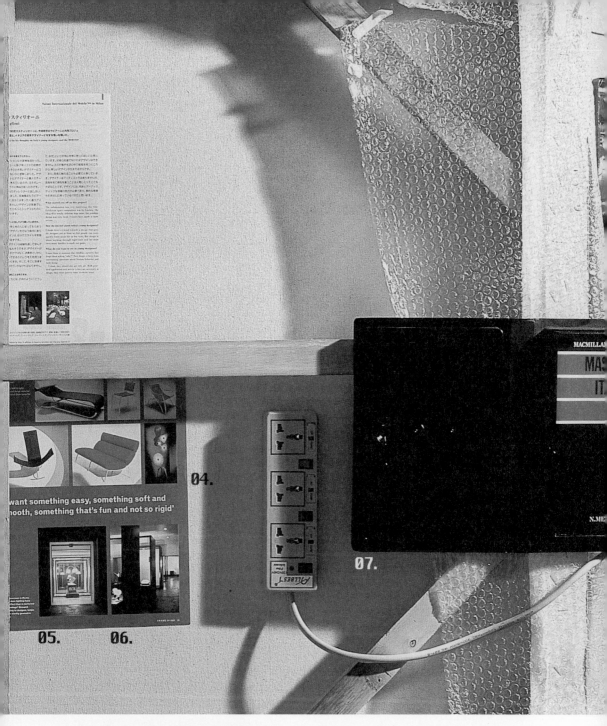

04.

'want something easy, something soft and smooth, something that's fun and not so rigid'

05.    06.

07.

04. 一直思思念念想擁有的歡樂地燈Orbital，是Laviani早年為燈飾品牌FOSCARINI設計的作品，童稚嬉戲，醒目異常。

05. 為FLOS於羅馬的陳列室設計的店面，Laviani用事實證明了一個好的設計師也必然是一個好的推銷員。

06. 室內採用了大型框架把燈飾按設計師個人名下作品分類陳列，儼如博物館展覽系統，又是一種與眾不同的整合方法。

07. 題外話，不知何日才可以跟這些有趣的義大利創作人用義大利文溝通？

08.

09.

延伸閱讀

www.moroso.it

www.foscarini.com

www.kartell.it

www.flos.net

www.moma.org/exhibitions/1997/
castiglioni/

www.design-conscious.co.uk/mall/
designconscious/topic/
topic-8993-1.stm

Falassi, Alessandro / Flower, Raymond 著
顏湘如譯
**Culture Shock!** 義大利
台北：精英出版社，2002

08. 1999年KARTELL五十周年紀念，全場大紅裝置
    歷年產品熱鬧拼貼，搶盡風頭。

09. 如何包裝，如何吸引，有了第一流的產品設
    計，就更需要有絕不遜色的宣傳配合。遊戲不
    是兒戲，傢具大展全場裡競爭激烈，猶如一場
    血戰。

## 再教育

如果要再回到學校唸書，你會挑哪一個科目？他
問。

當然是學廚！我毫不猶豫的回答。因為剛才的豉
椒炒龍蝦配廣東生麵實在太出色，再一次證實自
家中國菜迷人之處。即使剛從威尼斯回到倫敦，
那三天三夜的義大利麵還糾纏在腰腹，我還是把
小學弟約到 Bayswater 地鐵站旁的一所著名中國餐
館，這裡的招牌菜是盡眼望去每桌都在點的或薑
蔥或豉椒炒的大龍蝦——不知怎的，倫敦唐人街
中餐館的水準有些時候尤勝香港。

他鄉異地，曾幾何時誓死不吃中國菜。義大利的
中菜叫中國人顏面蒙羞，北歐的中國菜更不知所
謂，唯有是倫敦，紐約巴黎也還可以。……你真
愛吃，學弟有點拿我沒辦法，省吃儉用的他實在
很少上館子，還是一個標準的苦學生，這樣一來
一下子就讓我覺得自己有點太老，幾乎沒有能力
與他們這些二十出頭的來一趟真心對話。

我被 FABRICA 收錄了，再過兩三個星期就要到那
邊走一趟——他突然眼睛一閃亮，興奮的告訴
我。這分明是比龍蝦還要大還要美的好消息，你
這小子，我是連恭喜也來不及，要不要再吃點別
的慶祝一下？一個嘴饞的學長只能這樣表示表示。

如果我還是二十五歲或以下，我一定跟你比個高
下，能夠在全球不知多少年輕設計創作人中突圍
而出，被 FABRICA 這所由義大利服裝品牌
BENETTON 全資贊助開設的設計「學校」挑中，
成為其中「學徒」一份子，實在是難得珍貴的學習
機會。

學弟隻身赴倫敦繼續進修設計，為的是給自己的
創作空間再多開一扇窗一道門。當然知道香港不
失是個有趣的有能量的地方，但在一個地方混久

了，難免喪失那種對身邊事物的敏感和刺激。如今在一個更豐富更多衝擊的城市生活，是叫我又羨又妒磨練成長的機會，加上可以「下鄉」到FABRICA接受再教育，這不叫幸福叫什麼？

那真的是個好地方，我一邊喫著茶一邊跟他說。已經是晚上十一點了，旁邊的餐桌還有新客人坐下來，你看中國人多勤奮——還是說回FABRICA，去年趁著到倫敦開一個創意產業研討會的空檔，跑了一趟威尼斯看完建築雙年展，再到了一個小時左右車程的邊旁小鎮杜雷威索（Treviso），那是BENETTON的總部所在地，FABRICA學院佔地前身，也就是總裁Luciano Benetton從當地望族收購回來的Villa Pastega Manera家族別墅。

在威尼斯打了一通電話給FABRICA其中一個部門主管Andy Cameron，這位原屬英國風頭甚健的設計團隊TOMATO的創辦人，如今掌管FABRICA的新媒體創作中心，致力替BENETTON店舖發展一套連繫全線的影像傳訊系統。Andy在電話那一端仔細的給我解說了由上車到下車的每一個步驟，這裡是out of nowhere，他說。

身處一個無以為名的地方，什麼也不是什麼也是，這大抵就是某一種天堂狀態吧。天堂是可以坐計程車去的，真相是並沒有天使在守門把關，也沒有雲霧一團又一團，只有俐落風景乾淨建築，日本建築大師安藤忠雄設計的FABRICA校舍就在眼前。

要來FABRICA的十大原因之一，也就是要看看安藤忠雄前後花了近八年，幾度停工與建造商協調，解決諸多法律問題，最後才完成的有如修道院一般神聖的佔地五萬

一千平方米的這組建築。一如他過往每一個簽名作品，清水混凝土的建築主體和原來十七世紀舊宅的帕拉迪歐（Palladio）樣式式的別墅和倉庫，相互協調對照，人工水池如鏡，聰明巧妙地把影像倍開：柱列廣場，採光天井，橢圓地下通道，種種空間形態連續，小心走動其中的我不至於迷路，倒也迷醉在這詩樣的聖潔環境中，連身邊那些本該動彈喧鬧的創作進行過程，也好像安靜地定格為優雅畫面。

來了當新媒體領導人還不到兩年的Andy笑著向我投訴這裡的不是：其實這裡的隔音設備有問題，總是聽得見周圍其他部門發生的一切討論——這不知是否安藤刻意安排的矛盾幽默，就讓這些停不了的創作細胞無休止的活躍不定，在這一個清潔的容器裡，也許更突顯種種創意的離經叛道卓爾不凡。

拉丁文FABRICA就是工作室之意（義大利文多加一個b的FABBRICA就是工廠），由1994年開始「工作」至今，加上校舍終於在千禧年落成啟用，其中各個部門已經逐漸成型：攝影、新媒體、時裝、平面設計、產品設計、音樂、錄影和電影、漫畫。Andy花了好些時間陪我在不同的部門走動，當年在設計學院的老好日子又瞬間跑回了：愉快的忙亂，倔強的爭執，做一些虛無的夢，喝著喝不完的咖啡，就差在太進取太有野心來不及談一場轟轟烈烈的戀愛——來自五湖四海，創意菁英雲集，放下身段，接受再教育：一種開放式的、自信的、積極的互教互學，在眾人風華正茂的好時日，這不能不說是一種當下享受，也肯定是一種未來回憶。

不怎樣記得起那天驅車前往午餐的路，反正車就停在路旁的一間不怎麼起眼的小餐館，

熱鬧的庭園裡都是附近廠房的工人和FABRICA的學生，吃的是一盤新鮮的蕃茄沙拉，還有道地口味肉醬拌的又粗又圓的義大利麵，加上不可缺的白葡萄酒，吃喝得我一直在笑。鄰桌坐的原來是雜誌*COLORS*的主編和攝影主管，他們正在編輯以食物為題的新一期。從來都以爭議性社會話題和圖像作內容的*COLORS*，是BENETTON集團總裁Luciano Benetton放手讓長期合作的創意總監Oliviero Toscani及已經離世的Tibor Kalman盡情發揮的一項驕傲。它叫BENETTON的品牌跳出了一般成衣製造的框框，也開創了雜誌出版的新風格新方向。現在活躍於FABRICA校園的一群，肯定是被*COLORS*雜誌圖樣撩撥起創作慾火的精壯們，重疊繞纏，關係千萬重，都在同一屋簷下，難怪這裡室內室外沒有什麼分野間隔，創意為先，通行無阻。

超齡大佬做不成學生，或者只能再要求嚴格一點做個合格的老師吧。常常跟已經是某某設計系主任的當年同班同學說笑，我這個長久在體制之外的人很難乖下來當個好老師，也只能和大家瘋瘋癲癲的分享一些離奇古怪的生活經驗，分享的過程也是一種自我再教育，老師從學生那裡學到的說不定更多。我託幸福的學弟轉告他未來的部門主管Andy，要不要在FABRICA多開一門烹飪課，我一定千方百計地出現在廚房裡。

01.

02.

01. 不管你是白馬黑馬，理應都有這個需要——我的意思是，有接受再培訓再教育的需要，邊做邊學，創意不絕。

02. BENETTON集團主席Luciano Benetton創新引人注目，宣傳行銷策略中充滿爭議性社會話題。2001年與聯合國在柏林舉行國際義工年的發佈會，風頭甚至蓋過聯合國。

03. 由ＢＥＮＥＴＴＯＮ全資籌劃的傳播研究中心 FABRICA，是新一代年輕創作人夢寐以求遊學的創意聖地。

04. FABRICA大本營設於義大利東北小鎮Treviso，觸角卻透過母體BENETTON伸展至世界各地。

05. 由日本建築大師安藤忠雄設計，花了前後八年才正式落成的FABRICA總部，修道院一般的神聖空間，卻孕育出這個時代的最刺激最混雜的創作力。

06. 亞洲第一個FABRICA FEATURES「專櫃」，出現在香港BENETTON Mega Store一角，除了展出及發售FABRICA創意團隊的產品設計，也會定期展覽香港創作人的作品。

07. 管你是木材是塑料是金屬，七巧八巧還是九巧，自行拼貼發揮出你的型格是這個世代的必要。

08. 走一趟FABRICA總部，空間迴轉層疊卻又沒有迷路的恐懼，這恐怕是簡約大師唸過一道平安咒吧。

09. FABRICA滲透力驚人，每年都在國際城市舉辦專題設計文化活動，難怪聲名瞬間大噪。

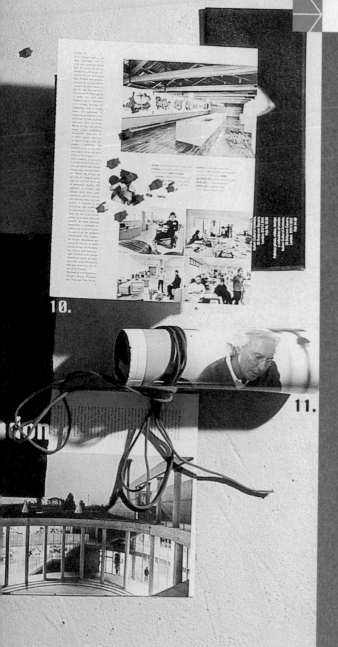

10.

11.

延伸閱讀

www.benetton.com

www.fabrica.it

香港BENETTON Mega Store /
FABRICA FEATURES
九龍尖沙咀彌敦道24號

a+u繁體中文版
安藤忠雄 / Inside Outside
東京，新建築，2002

10. 還未滿二十五歲的你，怎不好好武裝一下自
己，把自己的最強一面秀一下給FABRICA的主
管們看看！

11. 老當益壯，身體力行，六十八高齡的Luciano
Benetton白手興家，與姊弟四人同創
BENETTON，這位世界排名五十七的富翁，身
家超過四佰億港元，每天依然工作十多小時。

# 全球化的夜

忽然都在談全球化，也忽然都討論起本土在地。

有人趕忙公正持平地呼籲大家要看錢幣的正反面，也一再明示暗示了這確實是「錢」幣——為什麼沒有人用蕃薯的兩頭來做比喻？馬鈴薯不知可不可以？

去問她吧，她是Miuccia Prada，一個曾經迷上滑稽喜劇的舞台演員，一個上街派發傳單的年輕政治學博士及義大利共產黨員，一個承繼了家族皮革業並將之風乘火勢發揚光大成為跨國赫顯時尚名牌專門店全球遍佈，身家以保守數十億計的巨富。去問她怎樣評價每趟經濟高峰會會場內政要商賈的保守衣著，以及會場外示威遊行群眾的嘉年華打扮；問她怎樣把自家衣櫥裡其實十分義大利米蘭本土十分古著的衣飾，巧妙地變成瘋魔全球自命有識時尚人士的 PRADA、MIU MIU、PRADA SPORT 等各條生產線上的衣褲鞋襪皮箱手袋背包（當然也順便一問為什麼盛傳已久要面世的PRADA傢具系列從來只聞樓梯響？）；問她為何有興趣贊助四海縱橫的帆船盃賽；問她一擲不止千金經營的美術館的下一檔展品眉目；問她如何跟建築設計界最受爭議的叫人頭痛不已的 Rem Koolhaas合作，把紐約蘇活古根漢美術館底層的一個舊店改裝成集博物館、商場及舞池一身的PRADA epicentre；更有新鮮熱辣的在東京南青山落成的全幢菱形玻璃屋旗艦店，建築師是當今最紅最火的正在建造北京2008奧運主會場的瑞士建築設計組合Herzog and de Meuron，問她為何這樣出手闊綽地投下了八千萬美元的建築設計費？

去問她吧，還有最後一個也是最重要的問題，為什麼她如此地喜歡義大利導演米開朗基．安東尼奧尼的電影，特別是1961年的那一部由馬斯楚安尼、珍摩露和蒙尼卡維蒂主演的《夜》（La Notte）？

如果不嫌打擾，也該冒昧問一下因病隱退已久的老導演，因為在他叫人反覆回味的經典作品中，從早期的《某種愛的紀錄》、《流浪者》，到三部曲《迷情》、《夜》、《情隔萬重山》以至《赤色沙漠》、《春光乍洩》，還有《無限春光在險峰》，都一再揭示了現代男女情慾糾纏掙扎的背後真相，是消費社會物質主義泛濫造成的人際疏離、階級分野、貧富懸殊。愛，毫不抽象也再不可能純潔自然，櫥窗裡陳列的都是明碼實價（或許為了某種美學上的堅持索性連價錢牌也拿掉了，反正不會便宜）。一切關係都是計算好的利益關係，這樣說來，無論全球化還是本土化，都變成是生意經營上的討價還價。人，是男是女（是男裝是女裝?!），在這個全球最大最大的商場中都更顯得輕浮無依，賤如泥塵。

夜，一個在全球每一個角落都如細菌病毒擴散蔓延的後資本主義的夜。

因為實在受不了米蘭 via Sant'Andrea PRADA 總店老舖內的全天候擁擠，以及那些身穿清一色海軍深藍制服的女售貨員看似很有禮貌但其實有點不屑的嘴臉，加上永遠把我認作日本遊客跟我用日語問好，我是從來也沒有買過那些用空軍降落傘尼龍布做的風行整個九〇年代的黑色背包或者錢包，大抵還是怕那個其實已經很節制很優雅的三角 PRADA 銀底黑字商標。倒得招供的是買過一件藍黑色的及膝尼龍雨衣，收過一條短得不能再短的米色藍線格子短褲為生日禮，它們分別乖乖地躺在衣櫥裡，不知為什麼好久好久都沒有穿過——PRADA 還是那麼的流行，又其實它從來都不以「流行」為招徠，倒像是某一種古著經典，你好像已經擁有過這樣的一件西裝上衣一襲連身裙子，那麼的屬於你，但其實你並沒有，也繼續很期待。我不是為了

更加富有才設計生產衣服，Miuccia Prada 曾經說過，我賺錢是為了賺得更大的自由去開發和探究衣服和物料，這是我現在最大最大的興趣。因為我是 Miuccia Prada，所以現在能夠一開口就有一百個物料樣版放在面前給我挑選，這是有錢的好處。

她太清楚自己的優勢，正如她也太了解自己的遺憾。她長在這個喚作 PRADA 的皮革世家，外祖父 Mario 於 1913 年白手興家，母親 Luisa 艱苦經營，及至 1978 年 Miuccia 與丈夫 Patrizio Bartelli 接手瀕臨破產邊緣的家族企業，她以敏銳的、偏鋒的、十分個人十分中性的生活觸覺，跳出了皮革精品的範圍，更冒險更大膽地涉足全方位的服飾領域。在簡約成為流行招徠之前已經先走一步，正中那好一批在八〇年代浮華奢逸面前不知所措的為數不少的知識份子的下懷，也出乎意料地由小圈子著迷突破為市場狂熱，一發不可收拾。

正因為我們在日常生活中有太多人為的落差與缺失，經歷了從安東尼奧尼的六、七、八〇年代黑白彩色光影畫面以至今日的數碼影像中的感情的飄泊流離，我們都隱隱然知道浮華亮麗的虛枉，又卻拋不開對這一切物質實體以及其象徵意義符號的需要，因此我們還是心甘情願的穿上，這酷似馬斯楚安尼、珍摩露和蒙尼卡維蒂在那一夜裡分別穿的貼身白襯衫黑西裝、黑白碎花裙、黑色雪紡小吊帶裙，這都是 PRADA 在每一季度的服裝秀中都必然出現的造型和裁剪。

我們選擇回到那其實也很複雜、也可以是很無助的過去，不是因為我們對當今現在已經放棄。積極一點的說，是給我們自己一點時空遊走的彈性，知道早已有前輩同道在探

索，在千方百計破解一個也許並不能解的人性癥結。也期望可以從別人的經驗中吸收一些智慧補充一點能量，衣服不只是用來保暖的，如果你相信它還有一點其他作用的話。

當我一再看安東尼奧尼的《夜》，身邊陪我坐在沙發裡的伴不止一次的說，這是一部很叫人感傷的戲。生病、死亡、派對、做愛、嬰兒啼哭、驟雨、警號……還有這一季復一季、不斷演化又不斷重覆的還是很值得欣賞和喜愛的成熟一點的PRADA和活潑一點的MIU MIU，都帶那麼一點感動，俊秀的模特兒走在天橋上，走出來，走回去，又再走出來，換了的脫掉的，換不了脫不掉的，大家都知道。

安東尼奧尼引用過一句他最喜愛的羅馬詩人盧克萊修（Lucretius）的話：「在一個凡事都不安定的世界裡，沒有一件事與它的外貌吻合。唯一能確定的是一股祕密的暴力存在，使得凡事都不確切。」Miuccia Prada在某一期《VOGUE》雜誌的專訪中被要求與自己的設計團隊一起合照，她選擇了一幅望入鏡子裡的自己的單人照（同期她的生意勁敵Tom Ford選的是與男友和狗三者合照），望進鏡裡的Miuccia自信同時憂鬱──鏡裡出現的也許不只是她自己，也許還有那一群在街上舉旗吶喊反全球化示威遊行，跟廿年前Miuccia做著同一個動作的年輕人，有那一襲又一襲在她的米蘭巨宅衣櫥裡的充滿年輕/年老花樣回憶的裙子，有安東尼奧尼所有電影片段的揮之不去的忽明忽暗，有PRADA五個發光大字的無限重量……她看進鏡裡，從白天一直到入夜。

01. 從來充滿電影感故事性的PRADA平面廣告，將此時此刻人與人、人與物之間的愛恨糾纏關係深刻細緻表露無遺。

02. 無論是PRADA還是MIU MIU，線條乾淨剪裁俐落，色彩含蓄優雅，呈現一種自在的中產階級修養。

03. 義大利現代派導演米開朗基羅．安東尼奧尼的電影，對PRADA掌航人Miuccia的創作態度方向影響至深。拍攝於1961年的《夜》（La Notte），道盡中產階級命運困局，是Miuccia的至愛之一。

04. 從激進學生到默劇演員到家族企業繼承復興者，Miuccia Prada思路清晰決策精明。

05. PRADA女神，性感而不俗艷，敏感同時孤高。

06. Miuccia Prada一向積極支持藝術，倉庫改建的Fondazione Prada定期舉辦國際級藝術家作品展。

07. 經典PRADA男人造型，男演員John Malkovich既冷且熱，演繹恰到好處。

08. PRADA亦一度資助倫敦*TANK*雜誌，出版有報紙形式的文化藝術期刊*AND*——

09. 好像很久沒有下雨，如果下的是酸雨更捨不得把很久沒有穿的PRADA雨衣拿出來——

10. 差點把PRADA當成是建築商了，坊間已經出現Pradarchiteture這個詞兒，各大都會的PRADA旗艦店都找來叱吒風雲炙手可熱的建築師設計策畫，紐約店堂背後有建築怪傑Rem Koolhaas。

11. 包裝形象絕對引人注目的PRADA化妝護膚系列，攜帶輕便獨立旅行袋，絕對討好一天到晚在空中飛來飛去的新人類。

13.

12. 2003秋冬當季PRADA女裝式樣，經典的夜又
　　再重臨。

13. 叫人驚艷不止的PRADA東京玻璃屋旗艦店，當
　　今最紅建築設計組合Herzog and de Meuron從
　　不叫大家失望。

義大利形體

# 男人不見了

看見，其實什麼都好像看見了。

看見那貼身的、閃亮有如蛇皮彩鱗的不知名新物料T恤裹住那扭動的身體，大低V領露出兩團努力練就的胸肌當中的乳溝放得下一包香煙——

看見那超級低腰剪裁的牛仔褲，那故意不穿內褲的男模特兒一臉愛理不理的讓你看他也不怎麼扣上的褲襠外露的一大叢黑黑恥毛好囂張，轉身過去上半個屁股也清清楚楚——

然後，老中青三代男模特前後左右，躺著的，坐著的，站著的，在斑駁的土牆前，在幽暗中，從穿著整齊畢挺西裝領帶打得緊緊到襯衫敞開鈕扣只扣上最低一顆露出光滑胸膛掛著黃金十字架，從軍裝制服長大衣配上馬褲變種禮服到極粗繩編織的鬆身毛衣配棉麻寬褲如中世紀農民打扮，這一群男的，叫人好奇他們之前之後在幹嗎？

還有那分明是在劇烈的床上運動中眼閉唇張的高潮近距離特寫，Rush，香水的名字，男人專用。

至於那草原外景，女的穿得極少趴倒在地，男的半裸雄偉的站著，熨貼的西褲料子實在太好太薄，興奮中的器官形狀清晰可見。還有那女的男的一身和服式樣的綢緞披搭，事前事後情迷意亂——

三十多年前時裝歷史學者James Laver說過，男性服裝功能在於顯示階層、地位與財富，到了今天，這一切設定都似乎崩毀，現今的男服形象以及其宣傳推廣的唯一目的，都在反覆述說一個事實：管它什麼階層地位口袋裡有多少錢，男人好色，無論是男色或者女色。

好色沒有什麼不對，我還得承認這老實是生活的

原動力，可是在這翻開種種報章雜誌都看得見的鋪天蓋地的好色行動中，男人不見了。

很想跟身邊那一群精力充沛創意十足而且大情大性的時裝設計師同志們說一聲，是你們把你們朝思暮想的完美男人給弄得左右為難面目模糊，然後一個一個的，不見了。

就這樣把矛頭指向同性戀男同志？其實矛頭亂飛說不定早也丟了。看在眼裡不甘心，從國際顯赫名牌如GUCCI如DOLCE & GAB-BANA如DIOR如JPG如D SQUARE，以至本地的不見經傳的後起新秀，公開的不公開的男同志設計師總是不遺餘力的明修棧道或者暗渡陳倉，把一切對男體的慾望情結投射到其每季的衣式設計中，薄薄一層棉的絲的尼龍混紡的裹不住暴漲的肌肉，換過皮的毛的皺的褶的又有另外一種原始粗獷，剪裁技巧用心的顯彰表現身體各個部位，種種飾物香氛配搭一呼百應，廣告宣傳裡千方百計萬中挑一的模特兒無論是肌肉型作纖麗狀是騷包夜鬼還是鄰家男孩，都計算得異常準確挑逗可供選擇的各種情慾需要。

這等毫不含蓄毫不保留的強銷，一方面主攻同志消費群，亦指向人口眾多的異性戀男人，分明的設定了所謂時尚男人的標準，即使是不同品牌也都口徑一致的，性感為上暴露為要，孔雀長時間開屏器官無休止勃起，充血過久也就感覺麻木。

固然你可以讀到實在千篇一律報導長篇大論Tom Ford如何把義大利經典品牌GUCCI從家族恩怨情仇的八卦和生意瀕臨破產中「拯救」出來，行性感用美色，將摩登簡約貪婪淫慾巧妙結合，興風作浪顛倒浮華眾生，如何與頭腦精明的GUCCI總裁Domenico De Sole共

同締造潮流神話，以至近期在種種傳聞流散中經GUCCI總部官方證實兩人終於要離巢獨闖，又成為不只茶餘飯後的有點市場行銷個案研究的話題。好事的又或者可以比較一下其對手(?)，一直由設計師/創辦人全資擁有生意股權的另一個義大利品牌DOLCE & GABBANA兩位公開同志情侶Domenico Dolce和Stefano Gabbana，如何在一起工作一起睡覺，如何精明的把西西里島的陽光空氣和專屬的南方情色挑逗轉化發展為他們的服飾風格，儘管兩人一再強調他們的創作謬斯是安娜瑪妮尼、蘇菲亞羅蘭和瑪丹娜這些性感女強人，他們愛女人的身體並為她們設計最性感的衣飾。但實際上，除了八六年的第一季以西西里島黑寡婦為主題女裝最忠實原創最觸動內心，之後的濃郁華麗感官至上的女服也越見媚俗討好，倒是他們為真真正正所愛的男人設計的男裝有情有義屢有佳作，幾乎達致性感與感性的平衡。

時裝設計師中十之八九是男同志已經是不爭的事實，為自己為族群盡力露一手亮一下也是理所當然的事，但在這個性感促銷的大潮流底下，一切看來都迫不得已自甘墮落的浮誇膚淺起來。好端端的男人無論是同志非同志，都走進一個越來越侷促狹小的選擇空間，人云亦云的相信身體是最後的本錢，衣裝是必要的武器，也更困惑的審視自己那非模特兒身體，悵惘與妒忌的同時全天候的努力拼命打造一個被公眾認受的性感男人形象，可惜的是，各自高矮肥瘦的真我不見了，叫人珍惜的更深沉實在的更變化多元的男人質感也不見了。

依然覺得衣櫥裡一年穿不到兩次的全套黑色GUCCI西服是剪裁體貼的（在自己的身形未有太大改變之前），依然記得不止一次的被

陌生人問我冬天常穿的那一件寬鬆的**D&G**
的羊毛大衣是什麼牌子在哪裡買,只不過那
已經是許多許多年前購買的心愛,近年只看
不買,原因很簡單,怎樣的男人才算是真真
正正的性感?容許我跟這些同志大師們理念
不同,穿不進去。

01. 八〇年代的disco日子回魂一閃,粉紫襯衫又再
上場。

02. 總不能說看不見吧,男女通吃的一招是GUCCI
廣告的慣常把戲。

03. 義大利媽媽呵護下的義大利少男等待肌肉長成。

04. 好一對風流貴公子，中性與中性的艷遇。

05. 將兩個或以上的西西里男人推倒在床，黑吃黑之前立此存照。

06. 2003春夏GUCCI走東洋風，卻在亞洲區的平面媒體上自行棄用的話題性畫面。

07. GUCCI男用香水Rush，欲仙欲死標價多少？

08. 愛人同志商住兩用典範，Domenico Dolce（沒頭髮）與Stefano Gabbana（有頭髮）。

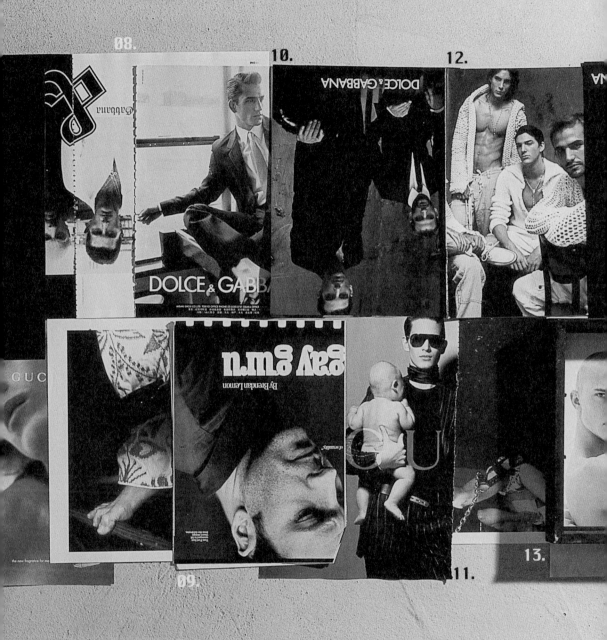

14. 性感硬照賣的是褲子鞋襪皮手鐲和身體。

延伸閱讀

www.gucci.com

www.dolcegabbana.com

www.hellomagazine.com/profiles/
tomford

www.vogue.co.uk/whos_who/
Tom_Ford/default.html

www.malavita.com
CD: Omerta, Onuri e Sangu
(la musica della mafia.vol.II)

Cooper, Emmanuel
Fully Exposed,
the Male Nude in Photography
New York: Routledge, 1995

Simpson, Mark
Male Impersonators
New York: Cassell, 1994

Malossi, Giannino
Material Man:
masculinity, sexuality, style
New York: Abrams, 2000

Harris, Daniel
The Rise and Fall of Gay Culture
New York: Hyperion, 1997

Manelter, Marion
Dressing in the Dark
New York: Assouline, 2002

希莫里克‧杜瓦爾著　羅塵譯
黑手黨檔案
北京：東方出版社，2003

# 床上的溫柔

忘了是從什麼時候開始，一直用照相機在拍攝自己睡過的床。

唸心理學的朋友可能馬上學術起來，直覺地嗅嗅當中潛在的象徵的性愛意味。老實告訴大家，我只是在上路前把菲林用盡，隨手拍拍而已，如果真的要想起什麼，一是累，二是死。

我算是那種很有紀律的，知道今天早上要什麼時候起床（通常是起個極早），就不用鬧鐘也會準時在鬧鐘亂響之前三兩秒就睜開眼醒過來的，好像很有效率地開始新的一天，馬上運動呀看書呀寫稿呀之類，完成這一切之後，身旁的人可能還在睡。可是這樣一直撐下來，習慣了，其實有一種累積的累，不以為意，只是偶爾生病的時候中醫會語重心長地恐嚇我：如果你再不好好休息——

那一刻馬上就覺得好累好累，面前就出現了一直以來在各地拍的上百張不同的床鋪。還未好好睡過夠，就得為今天的明天的後天的目標理想抱負醒過來，看來還是精神爽利意氣風發的，其實潛意識還是一直在依戀那一鋪暖暖的床。

然後是想到死。

先要聲明的是，我是太愛太愛這世界的一切的好與壞，外頭真的陽光燦爛，也管不了其實臭氣層慘遭破壞紫外線讀數經常過高，反正要積極開心活著活著，絕對不會自尋死路。死，倒是一種玩笑一次意外，是漫畫故事的一個開場而不是結局——今天早上他死了，這是他死前睡的最後一張床。這可會是阿拉伯大漠中綠州宮殿酒店的一張四柱雕花大木床？床單被褥枕頭竟然都是義大利百年名牌FRETTE的經典全絲系列，湖水紋寶石藍色。這又或許是東方快車頭等艙內穩厚的大床，躺臥在床上可以看到車窗外不斷流過的異國風物

顏色，而床上伸手觸及的柔滑細軟，當然也是FRETTE的純棉設計，淡綠調子，四周織有枝葉纏繞的紋樣。還有還有，這是巴黎George V或者Ritz酒店貴賓房間的超級大床。是倫敦Claridge以及Savoy酒店，威尼斯Cipriani酒店，羅馬Grand Hotel以及紐約Mayfair Regent的大小高矮寬窄軟硬各異的睡床，唯一相同的，床上用的都盡是FRETTE的棉、麻、絲質床單被褥枕頭，大都是純白的，頂多繡有含蓄暗花的式樣——為什麼他都選擇在這麼高貴的酒店房間這麼溫柔的床上這麼出其不意的死去？（好像不止死一次?!）為什麼都是FRETTE？為什麼他可以對自己這麼好？

舒服死了，我只能這樣說。

也再要聲明的是，我從來沒有擁有過一床的FRETTE，以我目前的以及將來的經濟能力，大概也負擔不起那接近五仟港元一張的極品麻棉混紡的米白色床單，真不明白也只能嫉妒好友S早就擁有這做夢也想著的皺皺的經典，而且一買就是兩張，他還瞇著眼陰陰笑說，床單，總得頻繁的替換嘛！

就是因為未曾擁有，竟也生出一種奇怪的渴望與思念。許多年前頭一回到米蘭，跟著識途老馬逛街，除了走遍大小傢具陳列室努力惡補進修之外，副修的是購物學。身邊的P先生刁鑽挑剔，大概家裡什麼都有了，不買PRADA衣褲不買GUCCI皮鞋，帶著我逕自闖進FRETTE。FRETTE？矇懂的我才是頭一回得知這個始創自1860年的織物名牌。有點驚訝P先生跟店內的穿著古老款式白圍裙的女售貨員竟是如此熟稔，又或者根本是售貨員會練就高超專業技術，記得每一位客人上一回買過什麼系列什麼紋樣的產品。P先生

買的是用來替換的枕頭套，純棉小方格紋樣。方格？不會睡醒過來一臉都是方格嗎？我悄悄的問他。他有好氣沒好氣的瞄我一眼，你自己摸摸看——看得到的方格手摸過去竟然柔滑如無間，售貨員仔細告訴我布料織造的密度是多少針多少行，我記不住，只是不住點頭伸舌，厲害厲害。

自此上床有了一種標準，我說的是舒服的標準。即使東南西北飛來飛去，真正可以睡一床FRETTE的機會不多，但這種理想的親密的無保留的肌膚接觸，還的確是會叫人怦然心動的私體驗。夜了，累了，一個人，可能在等另一個人，可能在離家千里之外，可觸可感可擁可吻的，對不起，極可能就是你的枕頭和床單。

即使是季末清貨大減價，FRETTE也不會賤價賣得很便宜，所以我告訴自己，還是安份守己地在家裡繼續用那些不知名的還算可以的床上用品牌子好了。僥倖絕少失眠，累了倒頭便睡，做著千奇百怪的夢，所以不會乾瞪著眼痛苦的思前想後，為什麼不是FRETTE？偶爾在E-bay上看到經典的FRETTE產品有在競標拍賣的，殺得天價，總是有點好奇不知誰愛上誰躺過睡過的舊床單，這也許可以勾引出另一樁比較惹人遐想的情色故事吧。

還是到處愛逛FRETTE的專門店，也高興這個百年老牌終於在Fin.Part集團的接管經營之下，傳奇得以延續。創辦人Edmond Frette於1860年在法國Grenoble創業，五年後遷回義大利Monza。米蘭的專門店開業於1878年，為當時的皇室貴族提供最上等的標榜義大利原產和精細手工的家用織物，Margherita女皇、Torlonians、Viscontis等家族以及梵諦崗

p.
93 →

教廷教宗都是忠實顧客，FRETTE的大名不逕而走。除了在名門府第寢室餐桌上出現，FRETTE也被全球不少尊貴五星級酒店甚至東方快車用作標榜待客優質服務的明證。

近年FRETTE積極開拓產品系列，除了一向口碑極佳的床上用物，更發展出高級家用便服，香氛蠟燭以至揚帆出海的貼身裝備系列。出現在各大時尚消費雜誌上的FRETTE宣傳廣告由著名攝影師Daniel Aron操刀，一系列暖調的照片拍出高貴臥房中的柔和閒逸，床上沒有刻意的過份整理，就讓一切床枕衣物的皺摺都自然呈現——畢竟FRETTE的好質材再皺也還是柔滑的，那些近乎完美的起伏與弧度，一如叫人心動的身體和呼吸，這跟我拍下的過百張有點倉卒有點混亂的床景很不一樣——床上確實是有風景的，此時彼時，上一回和下一回，不盡一樣。

01.

02.

01. 一床FRETTE，太舒服的她卻不幸失眠。

02. 總是設計生產最貼身的身外物，FRETTE的設計師怎能不對花花世界各式人等有更深入更進一步的認知了解？

03. 攝影師Daniel Aron把一整系列FRETTE就這樣鋪
在地上，有了FRETTE好好睡，恐怕連豌豆公主
的童話傳說也不成立了。

04. 貪求舒服沒有罪，令人痛苦才是不該。

05. 老實說是有點奢侈，但也別忘了每年連卡佛百
貨公司都有一減再減再繼續減的時候。

06. 長年建立起一種品牌的權威優勢，FRETTE近年推出的香氛系列自然備受歡迎。

07. 妙巧的把親子關係也拉進來為品牌的溫暖舒服形象加分。

08. 桌上小餐巾也是FRETTE的貨色，叫人怎麼敢開懷大喝大吃，免得弄髒了這藝術品一般的生活道具。

09. 從頭到腳，穿與不穿，愛與不愛，畢竟選擇決定都由你。

10.

11.

延伸閱讀

www.frette.com

www.gianfrancoferre.com

Gillow, John and Sentance, Bryan
**World Textiles, a visual guide to
Traditional Techniques**
London: Thames & Hudson, 1999

10. 如果要我做決定，還是一床純白純棉的床單被
    枕對我最吸引，太貴氣的花草紋樣還是留給身
    嬌肉貴的您。

11. 都是那幾個英文字母調來換去，GIANFRANCO
    FERRE的招牌作女裝白襯衫也許應是喜愛
    FRETTE的女士都有興趣的吧。

# 詩工廠

如果說詩能夠在工廠裡頭生產，我的某一些詩人
朋友可能會狠狠地瞪我一眼，甚至頭也不回的走
開。但我知道，我那些比較調皮好玩的、比較愛
喝酒或者愛吃藥的詩人朋友一定會明白一定會同
意。對呀，那寬深巨大的廠房，那些叫人目瞪口
呆的叫不出名字的機器儀器，那些身穿各種不同
制服的勤勞的工人們，那結構嚴密的生產工序，
那安排流暢的生產線，都是多麼新奇有趣的空間
和活動，在這裡頭，怎可能沒有詩？

也許我那些太緊張太嚴肅的詩人朋友怕的是流水
作業大量生產，但不要忘了詩除了可以被朗誦（最
好當然由詩人親口朗誦），也需要被印刷，才能得
以流傳推廣。當一本詩集能夠有五萬十萬或以上
的印刷量，有中英法德義西日印韓等等各種翻譯
版本，那是多麼美多麼詩意的一件事。

就讓我們在工廠裡開始生產詩吧，把文字把詞句
把意象把比喻都拿來，自由的拼貼嚴謹的剪裁，
就看你有多敏感靈活的去設計你的思路和工序。
你在製造詩，你在把銅、鐵、錫、鋁、木材、泥
土、玻璃、塑料都拿來，挑好不同的顏色，拿捏
各種形體，處理大小比例調校不同質材的配合，
著意最後的打磨修飾。因此我們面前有會像火車
進站時高昂鳴叫的燒開水的銅壺；有像原始部族
圖騰及酋長權杖一般的現磨胡椒和鹽的木頭高
瓶；有像科幻先鋒經典電影《大都會》機械女神一
般的金屬開瓶器；有像中世紀尖塔一般的不鏽鋼
咖啡壺；當然也有像昂首闊步的三腳蜘蛛一樣的
銀色手擠榨汁器；有像工地裡工人砌磚刀一樣的
切餅刀；有像露齒小魔怪的五顏六色的開瓶蓋小
工具；有變身成各種半透明塑料趣怪動物的盛蛋
器牙籤筒調料瓶……這些日常家居生活必需器物
都再不平凡一般，它們都脫胎換骨成了優美的
詩。

詩是用義大利文寫的，不懂義大利文不打緊，就像英語拼音一樣把單字拆成音節，先唸唸看吧，ALESSI，A-LES-SI，也許是繼可以喝的卡布奇諾和可以吃的提拉米蘇之後，你該懂得唸的義大利家用品牌名字。

「如果說別的國家有一種設計理論，義大利卻是有一套設計哲學，更也許是一套設計思想體系……」義大利符號學家、文化批評家和作家，《玫瑰的名字》和《傅科擺》等名著的作者安伯托‧艾可（Umberto Eco）在1986年曾經驕傲自豪的說過。而義大利建築師Luigi Caccia Dominioni就更爽快直接的說，「十分簡單，我們就是最棒的！我們有更多的想像力，有更古老的文化，而且能夠更好地協調過去與未來，這是為什麼我們的設計能夠比別的國家更有吸引力，更經得起時間的考驗……」聽來有點自大的口氣也因為他們真正自大得起。一千幾百個唸得出的設計品牌記不記得住沒關係，反正義大利三個字已經是最響亮的名字。

無論你要求的是品質，是風格，是科技，是實用，是感覺……義大利的產品設計總都能夠滿足你。尤為奇妙的是，無論是一張椅子一只杯子，總包含了比功能要多出更多的東西，既滿足日常生活需求，又同時成為文化領域裡的話題。要說能夠代表義大利設計文化，深入各階層家居生活，創意十足活力滿分的一個好案例，非ALESSI莫屬。

來自義大利北部Orta湖區Strona河谷Luzzogno小鎮的Alessi家族，早於1633年就開始了家用錫壺錫罐的生產製作。八代相傳，一直到現任ALESSI掌舵人Alberto Alessi的祖父Giovanni Alessi在1921年正式收購了當地幾家生產銅器、黃銅和銀器的工作坊，

比較有系統有管理的生產高檔家用廚具餐具。Alberto的父親Carlo和叔叔Ettore，於五、六〇年代再把生產設計向國際推廣，是戰後在國外能被叫得出名字的義大利設計品牌。直至唸法律的Alberto在1970年正式接掌家族生意，熱愛文化藝術的他首先叫人矚目的動作是邀請了一批知名藝術家例如達利，為ALESSI設計了限量生產的Multiplied Art系列，作品介乎雕塑與實用之間，媒體爭相報導，轟動一時。

自此一發不可收拾，三十年來先後跟ALESSI合作過的都是國際知名的實驗前衛的有爭論性的建築師和產品設計師——當中有義大利設計教父、橫跨數代的老頑童Ettore Sottsass（能夠老得如此優雅和風騷叫我願意早一點變老！）；有早成設計傳奇的Richard Sapper（因為他設計的Cintura di Orione廚具系列而決定走進廚房的大不乏人！）；有德高望重卻永遠新潮的Achille Castiglioni（他甚至特別設計一個塑料小調羹方便大家把最後留在玻璃瓶內側的醬料都能夠挑出來！）；不能不提還有超級玩家Alessandro Mendini（千禧年小玩意是把一個計算機弄成一排巧克力模樣，大熱大賣！）；還有是叫人懷念的詩人建築師Aldo Rossi的有如微型建築的咖啡壺和茶具；當年後現代建築風潮的領航員Michael Graves的對傳統的笑謔；再這樣一一列舉下去不得了，因為你會驚訝把這批設計師的名字和作品排開來，儼如袖珍本當代設計史：Philippe Starck、Ron Arad、Andrea Branzi、Norman Foster、Enzo Mari、Frank Gehry、Jasper Morrison、Marc Newson……還未計算那些每一回都變成設計界盛事的專題邀請創作展：1983年的 "Tea & Coffee Piazza" 有十一個國際一流建築師設計的銀器咖啡或茶具，高貴極致；1992年的

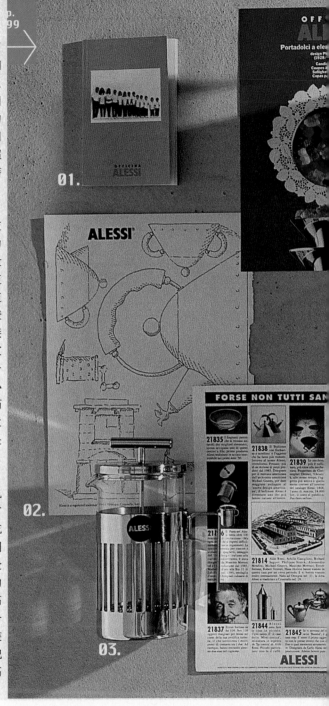

p.99

"100% Make Up" 有一百個創作人被邀為同一大小的瓷瓶子設計著色，每款生產一百個合共一萬個，活潑熱鬧。加上ALESSI的上百個系列幾千個單項中，也包括了復刻英國設計祖師爺Christopher Dresser的跨越時空的餐具，包浩斯團隊的經典代表作，以及美國現代主義先鋒、芬蘭裔的Eliel Saarinen的超前創意，讓多金的收藏者又有了逛街的藉口。

九○年代初，Alberto Alessi洞悉先機的決定把產品系列年輕化，以適合更多元更活潑的年輕家用品顧客。大規模的推出了由年輕設計師設計、以塑料為主的中低價系列。對這轉變有懷疑的有心人起初不以為然，認為這會有損ALESSI的高檔品牌形象，但事實證明ALESSI因此更深入民間更為人認識接受。那些色彩鮮艷的家居實用小玩意，便宜卻不低俗。最叫人忍俊不堪最得我心的是一個叫作「自殺先生」（Mr. Suicide）的浮水小娃娃，鐵鍊牽著浴缸或洗手盆的膠塞，水滿水退載浮載沉，黑色得美妙！如果把這些大量生產的玩意也看成有趣的詩，大抵也就是老婦和小孩都能懂的詩吧。

有詩就有夢，有夢就有詩，生產詩的工廠也是造夢工場。能夠在管理營運開拓發展上有鮮明原則態度清楚立場，讓設計者能在最充裕的生產條件支持下，活躍的愉快的進行創作，精深理念轉化為生活小品，工程龐大受惠者眾。不過話說回來，多年前人家送的Philippe Starck設計的ALESSI出品的銀色高腳蜘蛛榨汁器，第一次用的時候弄得一手一桌一地都是橘子汁，再一看，人家招貼包裝上說是用來榨檸檬汁的。一生悶氣，從此把它一直放在家裡廚櫃最頂層，提早退休高高在上。

01. 眾多的ALESSI產品中有此獨立限量版生產系列喚作"OFFICINA ALESSI"，小巧精緻的一本目錄列舉的都是名家經典復刻和特約設計。

02. 後現代風潮領航員Michael Graves的設計手稿這樣一擺一放，已經是ALESSI的最佳廣告。

03. 偶像級建築設計師Aldo Rossi的壓濾式咖啡壺，不喝咖啡的我還是要拎一個在手中才甘心。

04. Piero Bottoni遠於1928年設計的一組層疊糖果碟，1991年復刻又成熱賣。

05. ALESSI產品的平面廣告時有驚喜，就讓你上一堂設計歷史課也應當。

06. 同樣是Aldo Rossi的設計咖啡壺，分明又像他的微型建築式樣。

07. ALESSI轉向年輕化色彩化設計的重要一步，擂台上的設計師 Guido Venturini、Stefano Giovannoni和Mattia Di Rosa功不可沒。

08. 都忘了哪年的生日禮物中有Starck的一個蜘蛛腳檸檬榨汁器，大抵友人誤會我死忠這法國胖子吧，其實——

09. 大眼怪是什麼來著？喚作CanCan的當然就是一個開罐器。

10. 好了好了，收藏的最後一個咖啡壺，久居義大利的德國設計師Richard Sapper的經典作，Coffee Pot 9090。

11. 新的舊的ALESSI在一起，新秀Biagio Cisotti咧嘴笑的塑料開瓶器和老將Ettore Sottsass的不繡鋼縷花碟各領風騷。

12. 一百個不同領域創作人的設計圖樣，各自限量生產一百只，共一萬個彩瓷罐在全球巡迴展出並接受認購，1992年的盛事也算得上是Crossover的先行。

## 延伸閱讀

www. alessi.it

www.dolcevita.com/design/
designers/mend0.htm

Alessi, Alberto
**The Dream Factory,
Alessi since 1921**
Milan: Electa, 2001

Sparke, Penny
**Italian Design, 1870 to the Present**
London: Thames & Hudson, 1988

Redhead, David
**Products of our Time**
London: August, Birkhauser, 2000

13. Alessi家族第三代領導人Alberto Alessi執筆親述
    如何領導家族企業邁進千禧新世代，造夢工場
    成績傲人並非一覺醒來就成事。

# 走鋼索的日子

米蘭街頭，1974年的某個也不知是上班還是工餘的亂逛逛看的下午，年輕的推銷員Eugenio Perazza被書店櫥窗一本書的封面忽然吸引住。

書的封面是一張椅子，一張用鋼索結構成座位、用極細鋼根支撐作椅腳，流麗輕盈、通透大方的「浮」起來的椅子，叫Eugenio頓時眼前一亮靈光一閃。作為一個在一間頗有規模的鋼索生產商工作，一天到晚要向客戶推銷鋼索的多功能用途，甚至要負責統籌生產一些平價的家用鋼索產品諸如晾碗碟鋼架晾衣鋼線的小職員，可不可以做一些比較不一樣的事？——那個時候，Eugenio肯定沒有想過設計這兩個字。

他當時當然也不知道他看到的這張鋼索椅子早就是設計經典，早於五〇年代初由美籍義大利裔設計師Harry Bertoia設計，更由美國傢具龍頭老大KNOLL生產。Harry Bertoia自小對金工鑄造瘋狂著迷，四〇年代初已經是美國Cranbrook藝術學院金工製品工作室的主管，後來更與美國設計界風雲夫婦檔Charles & Ray Eames合作研製膠合板家具製作，那數不清的經典椅子的鋼索椅身結構，都有Bertoia的心血功勞。Eugenio Perazza不僅馬上走進書店把那本書買下來，還立刻走遍米蘭的傢具名店，一口氣買了兩張原來喚作鑽石（Diamond）的Bertoia設計的鋼線椅子。「這是我第一趟花了這麼多錢買的『設計』產品」，Eugeino在許多年後回憶著微笑道。

如果你脫得光光，一屁股坐進這張鑽石網椅中，半小時後是會坐出一身網紋的。但無論如何，椅子還是坐得蠻舒服（當然也有加蓋薄薄椅墊的漂亮版本）。Eugenio沒有把椅子搬回家，卻逕自把它們搬到公司的生產車間，找來技術員一問，發現以公司的現有生產技術，竟然只需六十分之一的價錢，就可以生產出這張賣得天價的椅子，這中間是什麼在

「作怪」？完全就是因為設計。

Eugenio馬上構思了一系列的設想，找來當時得令的旅居義大利的德國設計師Richard Sapper，希望發展一批以鋼索為主要素材的家用產品，從小型傢具到廚具餐具，不拘一格。可是熱情滿腔的他卻被公司老闆當頭淋了一盤冷水，衝勁十足的他頭也不回的辭了職，夥同幾位志同道合的設計師建築師朋友，赤手空拳準備打出自己的天下。

如果Eugenio Perazza當年不是一時衝動，不是這樣豁了出去準備走鋼索，我們今天就少了MAGIS這個閃亮創意十足的義大利傢具日用品設計品牌。開始的時候甚至沒有正式的工作室，他們就把自己的設計理念生產計劃大綱郵寄給所有主要的傢具店。1976年的米蘭傢具展，MAGIS甚至還未能正式生產第一件產品，只是展出設計草圖和初模——一張可以調節高低的可移動的手推車，方便在家裡捧餐遞茶的家用小道具，他們當然沒有自己的工廠，一切都是外包製作生產，因此花在協調配合的時間精神就得額外的多。

這條懸空的鋼索不好走，在一切上軌道之前，當初的合作夥伴已經先後離開，只剩下Eugenio獨自上路。年少氣盛的他不服輸，還是爭取一切機會與義大利國內的設計老手新秀合作，從最最日常的家用踏腳梯、熨衣板、手提購物小車開始，以相宜合理的價錢，提供叫一般消費族群逐漸留意欣賞的設計創意——無論是產品的功能、造型、物料還是顏色，都有微妙的更新突破。年復一年的累積，MAGIS在創業近十年後才開始有了比較像樣的產品目錄。

腦筋靈活的Eugenio也一直開發與國際級設計師的合作關係，為這些各有所長的創作人提供開放的合作關係和技術支援。多年來合作過的設計師從殿堂級顯赫名字如法國的老前輩Charlotte Perriand（Le Corbusier合作知己），英國Robin Day，到當年還是初出茅廬如今已是如日中天的Marc Newson、Jasper Morrison、Micheal Young、Bouroullec兄弟以及Marcel Wanders等等，幾乎八、九〇年代那一群設計潮流闖將都是MAGIS的合作夥伴，更重要的是每個個體的設計風格都分別得到最大彈性的展現，而不是為了統一口徑的擦亮MAGIS的金漆招牌。

作為MAGIS的創辦人兼創作總監，Eugenio Perazza很清楚的為自己已經二十六歲的「兒子」定位：MAGIS是一個設計及銷售的統籌中心，一個沒有工廠設施的生產商，生產的是全球行銷的高質素傢具及家用產品。有眼光有勇氣，MAGIS的成功一方面來自一個從設計者到銷售網都矢志全球連繫的策略，另方面也緊扣義大利國內眾多小規模的尖端生產技術。長期的合作建立起一種令小量訂單也有條件生產的可能，大膽靈活的環環緊扣，走鋼索也走出曼妙姿態。

不知不覺，MAGIS的設計產品已經在日常生活的每個角落出現。先在倫敦潮流熱點Coast餐廳出現的由Marc Newson度身設計的一系列餐桌椅，說不定你家樓下新開業的餐廳也在用；Richard Sapper設計的可摺疊的Aida單桌和單椅，早就出現在學校的課室中；走一趟中環蘭桂坊，數不清有多少酒吧在用Stefano Giovannoni設計的Bombo家族的或高或矮一列七個顏色酒吧凳；還有廚房中由Marc Newson設計的晾碗碟的顏色鮮艷突出的Dish Doctor；注入清水用作門擋（兼舉重器！）的塑料怪物喚作Rock；希臘神話大

力士 Hercules 衣架；Jasper Morrison 的層疊酒架是長年熱賣；Micheal Young 專門為愛犬設計的塑料狗屋連不養狗的也買來放玩具 Snoppy；至於 Bjorn Dahlstrom 設計的有如星戰武器的行山拐杖；巴西怪雞兩兄弟 Campana 設計的羽毛毽子；都是越戰越勇的 MAGIS 在這幾年間大展拳腳的見證。

就以應用了最新的氣體造模 Gas Moulding 技術來實現設計意念的一系列 Air Family 桌椅來說，長期跟 MAGIS 有良好合作關係的 Jasper Morrison 由衷地佩服 Eugenio 以及其工作人員在整個生產設計過程中的支援配合。為了使設計成品更輕巧、更省原料更省工序及時間，MAGIS 在 2001 年投資了八億里拉在研究開發更精細的模具和造模技術，專門就是為了要攻下這一個科技關口，我們在咖啡廳裡一手拎起這張中空而又結實的漂亮塑料椅子的時候，怎曉得這一切原來都不簡單。

在這個什麼方向也是方向的年代，設計不再是單單風格上的擺弄，背後實在有一個強有力的引擎在推動在運作。先進生產技術可能隨手可得，但如何統籌應用這些技術就是挑戰所在，也就是 MAGIS 成功並受人矚目的原因。從設計構想、執行、生產製作到銷售推廣，一個中小型的核心團隊向四面八方伸出了敏感觸覺，當原來戰戰兢兢在走的一根鋼索變成一個結實的鋼網，樂於其上嬉玩的遊戲和花式當然也不一樣。

01. 恐怕在無數酒吧在無數個醉醉醺醺的晚上也都半屁股坐過這張喚作 Bambo 的可以調節高低單椅，義大利設計師 Stefano Giovannoni 於 2002 年的作品。

02. MAGIS 掌舵人 Eugenio Perazza 目標明確方向清楚，打的是國際牌，視野焦點當然跟一般品牌都不一樣。

03.

04.

05.

03. 德國設計師Konstantin Grcic是近年備受重視的多面手，從傢具到燈飾到廚具餐具，都有他的一套設計理念，也得到廠商支持完成投入生產。面前的Chair One鋁質單椅系列是一個十分圖案化的立體實驗。

04. 找來越紅越風騷的澳洲設計師Marc Newson設計的一個注水擋門器喚作Rock，千萬不要因為顏色太漂亮把它當水壺。

05. 同樣是Marc Newson在2003年設計的Nimrod矮身單椅，貫徹其中有的是MAGIS的玩樂精神。

06. 有了顏色造型都如此厲害的Hercules衣架，難怪一衣櫃的衣服都是黑白灰就足夠了。

07. 當毽子也有專人為你設計，可會大腳一踢踢到
　　巴西——來頭不小的巴西設計兄弟班Fernando
　　& Humberto Campana和你共呼吸同遊戲。

08. 投資了八億義大利里拉研究開發的Air Family桌
　　椅，以gas moulding技術成功令椅身中空卻結
　　實穩妥。

09. 英國設計師Michael Young的戶外桌椅Yogi系
　　列，活潑調皮，恐怕是要主攻小朋友市場。

10. 諸神列陣，MAGIS的設計班底排排坐可寫成半
　　本當代傢具產品設計史。

11.

12.

延伸閱讀

**www.magisdesign.com**

Fiell, Charlotte and Peter
**Designing the 21st Century**
Koln: Taschen, 2001

Terragni, Emilia (edit)
**SPOON**
London: Phaidon, 2002

11. 酷得厲害的步行手扙叫做Joystick，瑞典設計師
    Bjorn Dahlstrom的奇怪念頭變成事實，扙頭的
    反光設計更可方便夜間行走。

12. MAGIS自家編輯發行的不定期通訊，匯報跟
    MAGIS相關的大小設計事項，也讓大家更深入
    八卦旗下設計團隊的動向。

# 舒服好男人

坐在他設計的沙發中等他，十年前、十年後的此時此刻，前後兩次。

正在盤算待會要不要告訴他，到現在還好好在我家中客廳中的兩座位FLEXFORM小沙發，每天跌坐當中自顧自依偎纏綿，一晃眼又快十年——當然，沙發也是他當年的設計。

常常會想，一個設計師的工作滿足感來自哪裡？是生產商付給你的那一筆可觀（或者可恥）的設計費或者版權報酬嗎？是產品宣傳廣告和報導裡重覆又重覆出現的你的名字嗎？又或者是當你看見有人坐在你設計的沙發上伸個舒服的懶腰，躺在你設計的床擁著你設計的枕頭蓋著你設計的毯子睡得香甜，手腕戴著你設計的手錶在看時間，用你設計的杯子來喝水，穿上你設計的鞋、襪、內褲……你會因此滿足，打從心裡微微的笑出來嗎？

如果用微笑來量度滿足，恐怕我正在等的Antonio Citterio一天到晚都要笑不攏嘴了。出道近三十年來他設計過的可躺可坐的沙發和單椅不下百張，靈活的可以推來推去的小几小桌幾十款，當然少不了杯盤碗碟餐具酒器，至於他經手設計的私人居室、商業零售空間、陳列室，更是遍及世界各地，最近更在德國漢堡蓋了兩棟獨立樓房——看來待會兒可以跟他說笑，坐你的、吃你的、住你的，如果對一個人有足夠信任，生活該可以由他來設計——

還記得十年前在傢具展覽場中在FLEXFROM的陳列攤位裡約好了他做訪問。坐在他剛設計好的喚作"Press"（真巧！）的藤背單椅中等他，忙得不可開交的他遲到了，蓬鬆豎髮隨便披一件西裝外套匆匆趕來，一臉抱歉笑容。當年他才是四十出頭，個子不高，有點小胖，很住家男人好父親感

覺。不像某些從內到外都要擺出尖端前衛姿勢的設計師，要靠外表造型嚇唬人。

坐下來滔滔不絕，談的是當年他鍾情的輪子。那時候他剛為義大利塑料傢具廠商KARTELL設計了一系列輕巧的摺檯，用作沙發旁配套的，或作小餐車用的，甚至是書桌旁的放電腦、電視以及音響用的，大多都配上了可以自由滑動的輪子。他相信當今家裡需要的，再不是那些謹慎嚴肅的超級大件頭，代之而起的該是靈活可動的組件，一天廿四小時有這樣那樣的即興，配上輪子的傢具既有象徵意義也確有實用價值。

也許就是受了這一趟感召，不久後搬新家的我就用上當年一整個月的薪水買了Citterio替FLEXFORM設計的兩座位沙發——超級舒服不在話下，沙發的前腳還真的是左右兩個輪子，提起實木後腳，的確搬動得輕鬆方便。

作為傳統傢具工匠的兒子，Antonio Citterio打從十二歲那年就在老爸的工廠混，更擁有自己的「辦公桌」，天馬行空自己發明創造，一手包辦友儕的木頭玩具。Meda地區是義大利傳統傢具創作的大本營，大小傢具廠林立，所謂設計根本就是日常生活用詞。在這個環境中長大的Citterio，在考入米蘭理工學院修讀建築之前，已經把自行設計的傢具圖樣交與廠商生產，這些青春往事沒有成為他過份驕傲的本錢，一切機會都在旅程中下一個轉彎處等候。

前輩Ettore Sottsass穿針引線，Citterio在1985年設計了時裝店ESPRIT的米蘭總部，之後緊接又完成了阿姆斯特丹及安特衛普的ESPRIT總部，以及巴黎、馬德里、里斯本

等地的ESPRIT旗艦店的設計，他和美籍妻子Terry Dwan更一併設計了全歐店內的陳設組件，自此聲名大噪的Citterio更設計了所有Fausto Santino的鞋店、日本的幾處私人住宅、米蘭市中心Duomo教堂旁邊的VIRGIN Megastore，還有德國瑞士邊境的VITRA總部生產廠房……現在輕描淡寫說來已經是前朝往事的點點滴滴，卻是一個建築設計師盡心盡力走過的崎嶇成長路。

坐在Citterio在米蘭為義大利廠商B&B ITALIA設計完工不久的陳列室裡面，過萬平方呎的偌大空間人頭湧湧，都是假日扶老攜幼湊熱鬧的。忽然有點後悔為什麼約他在這樣一個日子來談話聊天，環境著實有點太吵。但轉念一想，這也許就是對的；Citterio設計的空間設計的傢具，都不是那種誇張的戲劇化的驚人搞作，他歡迎一家大小悠閒舒服地參與其中，拉近與設計品的關係。追求高質素生活也不應該只是一小撮菁英的專利，也不妨熱熱鬧鬧地交流互動。

一直在盤算這一別多年話題該從哪裡再開始？是否該首先問他新近在漢堡完成的建築專案呢？從傢具設計到空間策劃到真正完成整棟樓房，從此工作規模視野角度也該更進一步吧！

又或者該問一個大膽一點的問題，老老實實的乖了這麼多年，被認定是好品味的當然首選，有想過忽然轉身變臉，給自己給大家一個震撼驚奇嗎？

當一個設計者的作品欣然被大眾接受，設計者自當發覺此時此刻最要面對的是自己，一個不能因循守舊的自己，一個務必往前看領先一步的自己，一個好丈夫好爸爸而且又是

一個好設計師，加起來會不會其實有點悶？
是否可以使點壞，讓自己更有活力更有彈性
更多面向——這也許不是我待會這麼容易就
提出的問題吧，畢竟跟他又只是泛泛之交，
雖然我平日也習慣口沒遮攔的。

此時此刻坐的是Citterio替B&B ITALIA設計
的寬闊無比的沙發，如果不是在公共場合，
我早已兩腳一縮躺上去睡懶覺了。畢竟我還
是感激Citterio給大家設計出這樣的沙發，
給舒服下了標準定義。也就是這麼舒服的躺
著坐著等著，想到以上一堆問題問他——
問自己。

01. 兩岸高手首度合作，B&B ITALIA的倫敦陳列
　　室，由簡約大師John Pawson負責整體建築，
　　Antonio Citterio設計室內，雖說實而不華回歸
　　基本也的確有一種大氣。

02. 不愧是全材多面手，Antonio Citterio與Oliver
　　Low合作設計的一系列照明燈具，細緻照顧到
　　每一個機械造型細節。

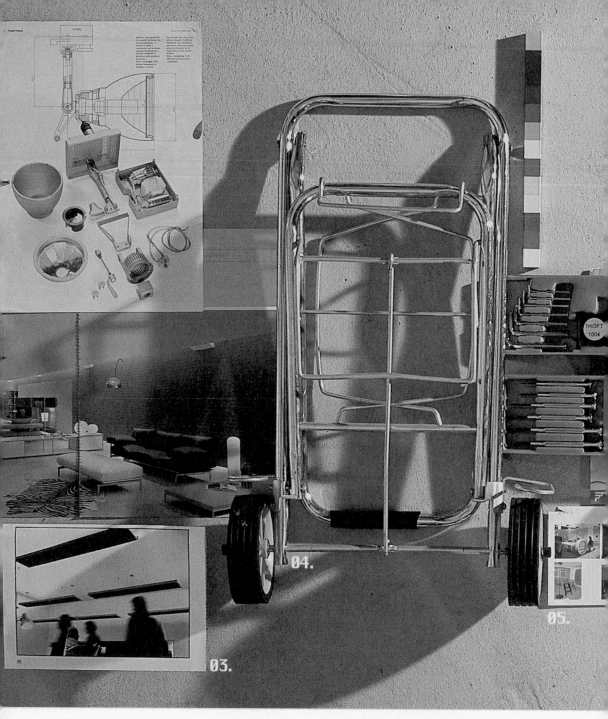

03. 合作無間，Citterio & Low的另一組簡單直接的
    吊燈作品H Beam/U Beam，廠商FLOS生產。

04. 看到有輪可靈活移動的小几小桌，沙發單椅甚
    至睡床，就會想起Antonio Citterio，什麼時候
    連拖拖拉拉的小車也有他的簽名。

05. 每年跑到KARTELL的陳列攤位，只見滿滿都是
    Citterio的新作，連同他的長年熱賣的貨色，快
    可以替他專門開一個展館了。

06. B&B ITALIA在米蘭的超大型旗艦陳列室當然也是全盤交給Citterio處理。有別於一般名牌的高貴冰冷愛理不理，這裡成功地營造一個活潑熱鬧的家裡氛圍。

07. 跟Citterio初相識是由他替FLEXFORM設計的這一張舒服沙發開始。

08. 德國漢堡港口的一幢辦公大樓，是Citterio從事建築設計以來規模最龐大完整的一項作品。當中運用的設計語言是他的傢具和產品設計的延伸，並未有太大驚喜。

09. 求一個安穩妥貼，選擇Citterio的設計當然最有保證，但如果你又思思念念開始想冒險──

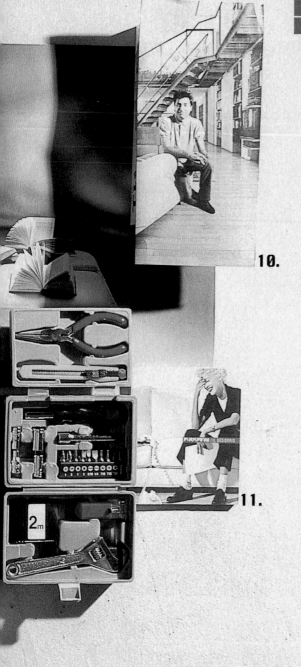

**10.**

**11.**

延伸閱讀

**www.flexform.it**

**www.bebitalia.it**

**www.kartell.it**

Pawson, John
**Themes and Projects**
London: Phaidon, 2002

邱莉慧（編）
**舉手！關於空間我有意見**
台北：麥浩斯資訊，2002

10. 隨和健談的Antoniio Citterio是典型義大利好好
先生。

11. 當你發覺身邊人並不可能伴你一生一世，是要
找一張可靠的沙發依靠一下的時候了。

# 起飛的綿羊

她是一個公主,他是一個記者。

公主不可以睡懶覺晚起床,早上八時半就要穿上量身訂做的(是GIVENCHY紀梵希嗎?)純白雪紡套裝,參觀汽車廠,獲贈一台汽車,到植物園為一棵樹命名,然後是孤兒院的開幕典禮,匆匆回到下榻的大使館跟外交部長午餐,然後又要出發到下一個官方儀式⋯⋯公主不易做,公主叫悶,公主發脾氣,公主睡覺要吃藥,吃了藥又神智恍惚地,溜了出去,碰上他。

他是葛雷哥萊畢克,前些時候在睡夢中,在跟他結婚48年的法籍妻子身邊,安詳的走了,享年87歲。作為一代俊朗性格男影星的這位白馬王子戲迷情人,是將軍是偵探是律師是大盜是教授也是記者,那位與公主奧黛麗赫本在深宵的羅馬街頭邂逅的美國記者。十分君子的他把一段公主出走逸聞(包括那一度燃亮的愛火)好好的收藏為私家心底浪漫傷感回憶。唯是那一整天的羅馬假期,打著領帶穿著英挺淡灰西裝的他和穿著鬆身襯衫半截蓬蓬裙的她,騎著小綿羊VESPA,在1953年的羅馬大街小巷,悠閒慢駛。公主側身坐在後座,輕輕從後擁著他,一臉興奮快樂。這固然是身嬌肉貴的皇室的一次偶然脫軌叛逆,同時更是義大利設計義大利生活模式一次最成功最經典的全球發行公關動作。

沒有生長在台灣的同代人的機車回憶,長在香港的我從小就學大人一樣講求速度,而且怕髒貪懶,風馳電掣的私家房車滿街都是,早就把自行車和機車排擠掉,只剩下小成本小生意運輸送貨的,才會用得上那些跟極速社會好像有點脫節的需要身體力行的交通工具。加上地下鐵早就有了,公共交通網絡決定了我們的日常行動範圍,以至有很多港九新界的街巷恐怕是這一輩子都不會走進去了。

所以最近在重看《羅馬假期》的時候，恍然明白了當年如此著迷這部愛情小品的原因。公主的清麗脫俗與記者的俊朗不凡以及倆人之間的無花果戀情固然是個吸引，最叫人心癢的卻真的是那一台自由自在的VESPA，不管是那綽號Paperino的1943年的MP5型號，還是1945年的MP6，反正都是有若大孩子的大玩具一般可愛造型的魅力——魅力來自看來簡單的結構與操作，背後其實是細緻精準窩心體貼的設計考量，來自那親近民眾接近街頭的溝通滲透能力。

仔細翻開VESPA的歷史，小綿羊一躍而成五〇年代初最受歡迎最普及的機車，成為義大利戰後第一設計品牌，正就是當日VESPA的生產商PIAGGIO領導層的一個準確精明的決定。戰爭歲月中的PIAGGIO因為物資短缺和資金困難，由生產航空產品淪為製作鋁鍋廚具。戰後復原開始，馬上決定轉戰民用交通工具，第一項目就是喚作Velte的機車，由設計師Vittorio Belmondo設計的MP5型號，是日後VESPA系列的前身。直至1945年間，PIAGGIO決定轉聘於三〇年代設計第一架可以昇空的直昇機的義大利設計工程師Corradino D'Ascanio為VESPA的設計主腦——小綿羊不會飛，但也著實有「起飛」的能力和意味。

Corradino D'Ascanio是一個從來充滿自信的人，他的堅持和固執從第一日接任設計VESPA就如是。他拒絕去碰上手設計師的草圖，一切要從頭開始——他其實從來沒有騎過摩托機車，也覺得要像騎馬一樣提腿跨上去很不方便，所以在一個星期天的早餐時份他就很輕鬆自然的決定了VESPA的一個最重要的結構「特色」，車身「中空」，騎士輕易走上車，坐下來而不是騎上去。此外方便騎士

的還有前置成把手的變速桿，馬達安排在後座蓋好不會弄髒褲子，還有好些從多年設計直昇機得來的經驗，改良改造了這個在地上行走的傳統，我們現在視作理所當然的一些設計安排，當年可的確是大突破。

D'Ascanio也從來不覺得由「天空」到「地面」是大材小用，他絕對可以為這流行了好幾代的VESPA現象而驕傲，即使記者先生沒有載著公主到處跑，VESPA根本就是價格合理廣受大眾認同的代步工具。戰後迅速發展起來的流水生產線，熟練的技術工人再度投入崗位，把手工技術有機械生產完美結合，這也叫這些已有五十多年歷史的古董老車至今還是收藏家愛好者的狂戀對象，就是因為那種無可替代的獨特手感。

同樣是羅馬，同樣是摩托機車，有《羅馬假期》式的VESPA小綿羊的悠閒，也有之後費里尼在《羅馬羅馬》中開頭與結尾的狂飆。性格使然，我不會選擇HARLEY-DAVIDSON哈雷機車活得狠、騎得快、死得早的霸道自大，也不會選擇一眾日本機車的坐上去必須變成曚面超人才匹配的太卡通的造型，我還是傾向五、六〇年代的不徐不疾的VESPA、LAMBRETTA，至於一度轉折到英倫成為年輕次文化Mod熱潮，剪一個冬菇頭，穿上FRED PERRY或者BEN SHERMAN Polo衫，還有CLARKS的沙漠靴，活像出現在1979年The Who樂隊崩裂電影《Quadrophenia》中的樂手史汀，也許不必如此這般跟得太緊太貼——不過還得澄清的是，根本沒有任何駕駛執照的我，所謂愛車也光是經過汽車陳列室的櫥窗目瞪口呆地看，幸運的可以搭搭朋友的便車，因為我早就知道，以我這種走在路上目不轉睛看人看狗看花的德性，實在無法專心駕駛，免得遺禍人間。我還很戲劇性也

很果斷的在我考駕照的前一天把準考證給撕
成碎片，心愛的AUSTIN MINI COOPER心愛
的VESPA，經典圖片和玩具小模型倒是收藏
了不少。

有情有義的記者葛雷哥萊畢克走了，一如
《羅馬假期》結尾一幕他落寞的踱步走出空洞
的大堂。優雅高貴的公主奧黛麗赫本早在十
年前已經先走了，上帝身旁多了一位美麗的
天使。而那一台曾經載著倆人穿過羅馬街巷
的小綿羊VESPA，倒還是好好的泊在路旁，
隨時候命，徐徐起飛。

01. 永遠的公主，永遠的假期，永遠的遺憾，當然
　　還有永遠的VESPA。

02. 從佛羅倫斯Museo S. Marco購得小小音樂天使
　　聖像，我常常一廂情願天使在身旁，比方說，
　　DVD中的奧黛麗赫本——

03. 翻開影視娛樂版，五十大銀幕英雄之首，一代性格男星葛雷哥萊畢克安詳地走了，載他上路的可會是VESPA？

04. 坊間已不多見的VESPA經典月曆女郎Vespa Bella Donna，由米蘭插畫家Francesco Mosca手繪，是五〇年代初期極受義大利男士歡迎的貼滿一房的美女圖。

05. 歷久不衰的VESPA，四十年後依然出現在潮流雜誌如*WALLPAPER*之中，也來一點懷舊插圖式樣。

06. 騎著VESPA與心愛走遍羅馬大街小巷，為的是那剛剛萌芽的一段戀情，也為了尋覓城中沒法抗拒的美食。

07. 1945年設計的VESPA 98型號，手繪機件構造圖有著航空直昇機械的精準。

08. 不同理念不同風格不同長相，Phillipe Starck於1995年設計的Moto 6.5看來並不能搶走VESPA的死忠。

09. 1945年由D'Ascanio設計的MP6，是VESPA 98的原型，迷人魅力盡現。

10. 還未考得摩托車駕照上路的我，先蒐集一下小玩具也可以吧！

11. 1996年設計的VESPA新型號內內外外調節一新，然而留住一點昔日的記憶也是設計目標之一。

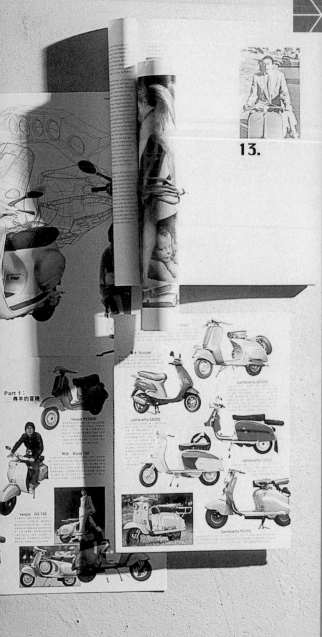

**13.**

# 延伸閱讀

http://home.rol3.com/~u0341403/
iss15/vespa.htm

www.ing.unipi.it/~dimnp/
personalita/edascanio.htm

www.vespamiami.com/history.htm

**Roman Holiday**《羅馬假期》
Gregory Peck, Audrey Hepburn,
Paramount Pictures, 1953

Root, Peter
**Vespa Bella Donna**
Kiel: Nieswand Verlag, 1990

Downie, David
**Cooking the Roman Way**
New York: HarperCollins, 2002

Knapp, Gottfried
**Angels, Archangels
and all the company of Heaven**
Munich, New York: Prestel-Verlag, 1995

12. 無論是義大利的VESPA、LAMBRETTA還是印
    度的BAJAJ，全球綿羊族有增無減，都是緊貼
    潮流的後青年前中年男人至愛。

13.《羅馬假期》的經典劇照，想不到也是設計史的
    一頁。

義大利味道

# 美味革命

為了吃，我從來耳聰目明──

老同學的女友的表妹的前男友推薦（這些訊息一條
也不能掉以輕心！）到了威尼斯，一定要找這家叫
鰻魚的家庭式小餐廳，一定要吃什麼什麼⋯⋯

把幾天的日程排了又排改了又改，所謂正經的看
雙年展看建築聽演奏的事都變作點綴，最重要的
還是早午晚三餐在哪裡吃？吃什麼？哪一家要先
預約？哪一家要早點去排隊？還有哪一家可以厚
著臉皮只吃甜點⋯⋯用心用力，為了吃，因為在
義大利，所以值得。

在義大利吃吃吃，從關心自己餐桌上有什麼好菜
好酒身旁有誰作伴，慢慢發展到「享受」鄰桌提供
的整體進餐氣氛。平常怕吵，但是絕不抗拒大小
餐廳裡觥籌交錯人聲鼎沸，那是大家最放鬆最盡
興的痛快時刻，是填飽肚子以外的進一步。

挑的是周日中午，餐廳在十二點四十五分開門，
早到了的我們在店外徘徊。午餐時候比較清醒，
比較不容易被酒精提著走，有時間有閒心去留意
旁邊一桌又一桌的義大利人扶老攜幼的家庭聚
餐。貪婪的看人家點到菜單上沒有的更道地的菜
式，以及那連珠炮似的高低抑揚的花腔義大利對
白，聽不懂，卻是猜得更有趣。家人之間的親密
融洽，在吃喝當中盡露無遺。特別留意的是那些
十歲以下的小男生小女生，萬千寵愛，在家庭餐
桌上跟長輩們往來對答，「吸收」到的肯定比在一
般課堂上還要多。饞嘴愛吃的訓練，對傳統美味
的執著，自小培養終身受用，真叫人羨慕。

今天我跳過了前菜，準備點的是蟹肉醬汁麵疙瘩
Gnocchi，以及炭烤新鮮小墨魚，喝的是稍微有氣
的白酒。一口漂亮英語人長得胖胖的老闆微笑著
跟我說，最近馬鈴薯長得不好，做不出最好的麵

疙瘩，還是試試自家手工做的 Fedeli 圓細麵吧。我一聽打個怔，昨天在別家餐廳不是有吃過麵疙瘩嗎，我這些外地人當然吃不出「最好」跟「不是最好」的細緻差別，也難得這家老闆這麼堅持，叫人感動。趁未上菜的時候我到店堂另一邊打了個轉，有個專櫃在陳列販賣威尼斯鄰近地區的手工乾麵，也有印刷精美的小單張在介紹附近幾個島上十來家強調堅持用道地食材做出傳統口味的餐廳，還組成協會什麼的，我們有緣身處的鰻魚餐廳當然是其中一家。

這絕對滿意的一頓午餐，有多好吃該賣個關子引誘你，可這一切倒叫我馬上想起源自義大利的「慢食運動」（SLOW FOOD）。

慢食，不是因為忙得不可開交的服務生沒辦法照顧你處理你，讓你乾啃那冷冷的硬麵包，不知等到何時才可以點菜吃點熱的。慢食，也不是一群無所事事的老饕一天到晚把風花雪月都慢慢的慢慢的吃光吃掉。慢食，是意義深遠，情懷浩蕩的一場美味革命！

慢食運動初次在國際媒體上曝光並且引起廣泛注視，已經是 1986 年春天的事。其時跨國快餐集團麥當勞正部署好步步進佔義大利餐飲市場，打算在羅馬的著名觀光景點西班牙階梯 Piazza di Spagna 旁邊開設一間大殺風景的麥當勞。開幕當天遇上的除了趨之若鶩的美國遊客（！）好奇的義大利年輕顧客，還有以義大利美食專欄作家和社會運動家 Carlo Petrini 為首的一群示威遊行的群眾。他們她們手捧一盤又一盤義大利通心粉，以傳統美食現身警惕日趨習慣美式快餐模式的市民大眾——好端端的有媽媽口味的正點，為什麼會轉投麥當勞的懷抱？

早在這趟示威遊行之前，Carlo Petrini 已經是一個名為 Arcigola 的矢志保留傳統美食的組織負責人。來自北部 Bra 市 Langa 酒區的 Carlo，早年一直關注家鄉的傳統食材特產如何在劇變的經濟結構下能夠持續經營以至發揚光大，後來更走遍全國深入調查研究，有計劃的與有志一同的參與者把組織與活動規模壯大，慢食運動在 1989 年正式正名，針對抗衡的也不只是泛泛的快餐（Fast Food），而是整個速食文化（Fast Life）。

吃什麼？怎麼吃？在哪裡吃？對於 Carlo Petrini 和他的慢食同志，都是事關重大的原則態度。慢食運動不只是強調個人飲食健康慢慢一口一口的吃，提出的是 territory 在地的概念。一個當地人，與當地食材、食譜，與當地文化傳統習慣，與當地的文化精神之間，關係千絲萬縷。代代相傳的古早味，傳送的是有根有源的色與香，人因此得以安身安心，又豈是那倉促粗糙的快餐可以替代。

Carlo 用調查用事實戳破了麥當勞反駁的百分八十食材都是義大利產品的宣稱，發現從做漢堡餡的牛肉到做麵包的小麥到炸雞塊到沙拉蔬菜到馬鈴薯到橄欖油，都是用工廠規模強行催生，談不上食物的天然口味與質感，難怪路經全球的麥當勞門口都有那不變的撲面的飽滯油腥以及那同時贈送的廁所清潔劑的化學芬芳。至於這些快餐連鎖鋪天蓋地的宣傳廣告，致力百變的店面環境，贈送換領的小禮物，以致服務員的禮貌與笑臉，都遮掩不了其最最關鍵的弱點，食物根本不行，甚至有損健康！

與這些快餐集團龍頭大哥作對，肯定是吃力不討好的蠢事傻事。但也正因為懷抱對本土在地飲食文化的深沉愛意，Carlo 和他的同志

p.
125

們默默耕耘慢慢培養，在義大利各地組織當
地農產業者，針對釀酒、乳酪、松露橄欖等
等食材，舉行了無數品酒、試吃會，發表了
無數調查報告，促成了不少農會的革新聯盟
宣言，更因此引起全球的相關進出口業者，
特別是無處不在的老饕們的熱情關注和支
持，慢食運動從一個幾百人的地區小眾參
與，十多年來發展為一個全球分會無數（當
中竟以美國分會的人口最龐大！）活動頻繁
的一個不再「地下」的不只「飲食」的組織。

早就在2004年的記事日程中預留時間要參與
由 SLOW FOOD 支持者主辦的兩年一度的美
食博覽 Salone del Gusto，期待他們公佈的又
一批致力拯救成功的世界各地傳統食材。
（為此有Presidia計劃的努力執行！）組織也公
開表揚全球各地為當地食材生態環境有卓越
貢獻的個人和單位，亦設立大學課程模式去
培訓有志參與SLOW FOOD推廣籌劃的有心
人，特別著重年輕會員的培養。作為慢食運
動這場美味革命的靈魂人物，Carlo Petrini風
塵僕僕的在地他方出席各項會議和活動，我
當然相信他的確是老饕，依然深愛家鄉的美
酒美食，但出乎意料的在看過他的照片才發
覺他一點也不胖，果然如毛澤東所說的，革
命，不是請客吃飯，不是做文章……

01. 兩個世紀以來，從拜倫到E.M.Forster到蘇珊·
　　桑塔，與義大利發生愛戀的詩人作家不計其數，
　　*Italy in Mind*是一個絕好的書名，我可更希望在字
　　裡行間看出他們她們愛吃什麼道地義大利菜？

02. 慢食運動的領導人Carlo Petrini娓娓道來他的飲
　　食生活理念，讀畢全書發覺竟然是不折不扣的
　　愛的宣言：對家鄉對土地對自然對家人親友的
　　愛，躍然紙上。

03. 前菜頭盤已經精彩得嘆為觀止，如何將第一道
主菜第二道主菜以至甜品咖啡進行到底呢？不
要忘了還有越喝越想喝的葡萄美酒。

04. 慢食運動者的宿敵：跨國快餐飲食集團財雄勢
大網絡鋪天蓋地避無可避──下定決心的還是
可以向這個黃色大M字say no！

05. 捨不得隨便入口的陳年balsamico香醋，是時間
沉澱是日月精華，是慢食運動者誓死維護的一
項義大利國寶級傳統食材。

06. 義大利電影中的經典飲食場面之多，足夠寫幾
十萬字論文剪輯幾百小時精華，一邊看一邊
吃，樂不可支。

07. 傳統飲食生活的簡單直接豐盛甜美，是快餐速食的倉卒隨便無法替代的。

08. 到托斯卡尼有一千幾百個原因，撕一片現烤的鄉村麵包蘸進那金黃帶綠的醇厚初壓橄欖油，連隨入口，那就是托斯卡尼的原始味道。

09. 正如考古文物工作者小心保存一小塊佛羅倫斯的古董蕾絲，慢食運動者對傳統飲食烹調製作方法的記錄和堅持，也是花盡心思精力時間。

10. 我不送她珠寶首飾她不送我手錶跑車，我們互贈的是上好初壓橄欖油。

11.

12.

## 延伸閱讀

**www.slowfood.com**

**www.mcdonalds.com**

**www.italianmade.com**

**http://italianfood.about.com/
library/rec/blr0165.htm**

Rowers, Alice Leccese (edit)
**Italy in Mind**
New York: Ventage Books, 1997

Demedici, Lorenza
**Lorenza's Antipasti**
London: Pavilion Books, 1998

Petrini, Carlo
**Slow Food, the case of taste**
New York: Columbia University Press, 2001

Delli Colli, Laura
**Il Gusto in 100 Ricette
Del Cinema Italiano**
Roma: Ellen Multimedia, 2002

Luongo, Pino
**Simply Tuscan**
London: Pavilion Book, 2001

11. 難得好書一本就叫*Al Dente*，彈牙口感是義大
利麵食的精神，如果連這樣一個基本原則都做
不到，不吃也罷。

12. 環顧四周還真的有一萬幾千種垃圾食物，一向
嫉惡如仇的你該振臂高呼把這一切都掃地出門
了吧。

# 特技廚房

當看電影不只是看電影，看的是美術指導如何暗地裡發功，配樂師如何凌厲出招，攝影指導如何上天下地取景調度，燈光師如何如何……

當吃飯不只是吃飯，吃的不只是色香味，吃的是杯盤碗碟，吃的是廚房——

身邊不只一個饞嘴為食的，要重新填寫我的理想我的志願的話，他們她們肯定會投身飲食業，開一間餐廳也好，做一個名廚更妙，又或者一個美食評論家，甚至是一個專攻食物拍攝的攝影師，這一切都為了跟食物更接近，而最接近的，莫如住到一個廚房中去。

隨手一算，也真的有不下三五個好友，到他們家一進門就是廚房：有專業味道十足的從頭到尾都是不鏽鋼牆壁桌面抽屜銀光閃閃連爐頭鍋鏟都亮麗一套的，有十分鄉村情調的土黃或者磚紅的四壁然後牆上掛滿大鍋小鍋刀叉匙還有乾了的一串串蒜頭和辣椒，香料香草乾的鮮的瓶瓶罐罐盆盆到處都是。當然也有死忠簡約粗獷的傢伙，連廚房也是灰灰水泥牆身流理台面以至地板，清一色陰冷，至於用上大量的紋理分明的原木，求的是溫暖著實，保守安全。

看一個人一個家怎樣安排他或者她的廚房，實在比看書架上各種書籍的堆疊、書頁間便條的穿插來理解他或者她的為人個性來得更具體更貼近。

從老遠的義大利小村鎮買回來一個有荷葉邊的白瓷大碟，專門盛義大利麵條用，又或者在摩洛哥Marrakesh舊城的菜市場中陶瓷雜貨店裡買來彩繪伊斯蘭紋樣圖案的高腳大碗，該是用來放水果的吧——幾經辛苦捧著上火車下公車上飛機下船，回到家放進那個小小的久未裝潢的破舊廚房中，你會狠狠的下個決心，為了這只白瓷碟這個彩繪

大碗可以好好的發揮它的迷人魅力，你必須把整個廚房都來翻修一遍，甚至推倒牆壁把廚房安排成開放式，換了新天地，重新做人。

當大家在翻掀日本作家妹尾河童有趣的小書《廁所大不同》之際，肯定有人準備把廚房也拿來大做文章，廁所、睡房這些傳統的私密地方，在家居空間中扮演的角色似乎很有侷限，唯是廚房看來都有彈性，介乎一個私房角落與一個集體交流的空間，家人朋友共同參與包一頓餃子烤一堆餅乾做一個起司餅，充分發揮團隊合作創意精神，言談間或者揶揄或者鼓勵，都是好事。還記得當年新居入伙house warming，十多個老朋友一起炮製一個沒根沒據的蛋糕，麵粉黃油雞蛋糖的份量隨意亂放，只是為了大家可以在開放式的廚房／客廳當中看著發光的烤箱像看新買的電視。蛋糕當然是失敗的，（你看過一個永遠都烤不起來的蛋糕嗎？）但人人都樂不可支。

每回走進那些家庭式經營的義大利小餐館，無論人多人稀，都會爭取坐得靠近廚房或者上菜位置，為的是借此窺探廚房內的緊張熱鬧，那些男高中低音吆喝加上那些杯盤碰撞的清脆，都是最悅耳的音樂。而好幾趟有機會到義大利友人家裡作客，更是一個長達三四小時的綜藝表演。

餐前的聊天喝酒，上天下地漫談，然後話題開始集中到今天晚上的美味創作。大夥兒開始到廚房裡去探班，有幸動員媽媽做主廚固然好，不然的話年輕男生在廚房裡奮力舞弄一番，也是某一種性感。有一回我已經不怕班門弄斧的做了一大盤烤蔬菜烤茄子和一大盤麵條開場，好友Mario還是要下場表演家傳做比薩餅的絕活。果然那麼三兩下手勢把兩種看來沒什麼分別的麵粉混入清水那麼搓及推，就成了一個脹鼓鼓的麵糰，壓平之後放進烤爐不到十五分鐘，一張家庭式的烤餅大功告成，然後就是那一道緊接一道的豐盛，到了最後的甜品和咖啡時間，我已經是在半醒半睡半醉狀態中流連忘返，下一站，大抵是天國吧。

依舊懷念小時候家裡那個裝潢簡陋、一壁半牆油煙如抽象名畫的不到五十平方呎的廚房，外祖母和家裡老傭人把流離異地的各國口味來一個雜錦混音，因為廚房面積太小，要做家鄉傳統印尼沙爹肉串的時候只能把泥紅小炭爐搬到廳中的水磨石地板上，久而久之連地板也燻黑了，此乃全家饞嘴為食的驕傲證明。還有那一回把瓶裝可口可樂放進冰箱冰格中，以為冰凍成冰棍有另外吃法，誰知道結冰後瓶內壓力大變，一開瓶沖「口」而出直達天花，那可樂的痕跡久久留在廚房天花不退，成為親朋戚友到我家參觀的名勝景點。

因此當我因此當我每回到米蘭，一次又一次走進BOFFI或者DADA那有如劇場的藝術裝置的義大利廚具陳列室中，親手撫摸著那光滑如鏡的大理石流理桌面，拉開那些一塵不染的不鏽鋼廚櫃抽屜，還有那些設計精巧的內置的烤箱蒸爐微波爐，我禁不住幻想這一切如何安放進我那不大不小的生活空間中，也許又要再大膽一點的一切以廚房為中心，再沒有什麼客廳書房儲物室甚至臥房衛浴的分野間格，因為食而存在，要生要死離不開色香味，先學懂做飯燒菜才來談做人道理，飽與不飽是日常溝通對話主題內容……這樣的廚中生活未免簡化，但我們不也是日思夜想要過這樣的日子嗎。其實說簡單不簡單，

能夠生活在這樣的一個理想空間中需要練就一種特技，這是某一種紀律，某一種節制，某一種衝動，某一種放肆，某一種美學，某一種完成……

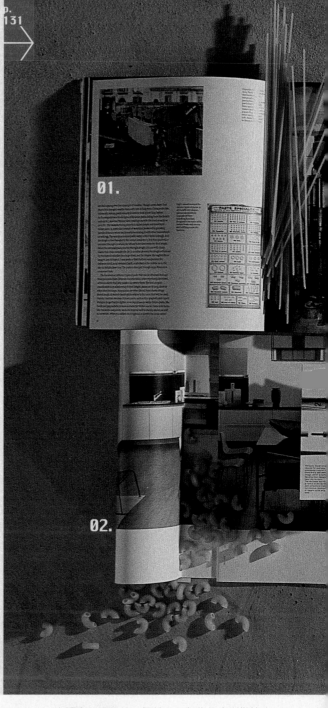

01. 太陽底下曬麵條，攝於三〇年代義大利鄉鎮的老照片，是叫pasta瘋狂愛好者如我等珍而重之的文獻。

02. 寧可不要一個寬敞衛浴不要特大衣櫥，我還是夢寐以求一個空間更開放、設備更齊全的廚房。

03. 有如鐵甲人的這一台機器，正是義大利二〇年
代剛脫離家庭手工製麵時期，進入工廠量產階
段的本土研製開發的製麵機。

04. 刀叉匙筷以至杯碗碟鍋子爐具，一切廚中用具
都得講究都是設計師的心血結晶。

05. 新一代廚房組合將現代人生活精密濃縮，既是工
作間又是儲物室又是娛樂場……而且線條色彩間
格造型都醒目亮麗，完全是家居生活焦點。

06. 吃吧吃吧吃吧，情到濃時管它什麼儀容禮貌。

07. 用得上kitchenology這些厲害字眼，說實話也只有義大利廚具設備品牌BOFFI才敢才配，走進它們陳列室中夢幻似的廚房，真的賴死不肯走。

08. 珍藏十數年前第一回到義大利買的第一本食譜 *Not Only Spaghetti！* 當然當然，愛吃的還有 penne、pappardelle、macaroni、ravioli、gnocchi、fusilli、tortellini……

09.

10.

延伸閱讀

www.boffi.it

www.dadaweb.it

www.polifom.it

www.serafinozani.it

Carluccio, Antonio & Priscilla
**Carluccios Complete Italian Food**
London: Quadrille Publishing, 1997

Catterall, Claire
**Food, Design and Culture**
Glasgow: Laurence King, 1999

Black, William
**Al dente**
London: Bantam Press, 2003

09. 又愛吃，又懶，又貪玩，又怕煩，我和我的手動
製麵機，只發生過一次關係。

10. 世上各大宗教都各自有厚厚的聖經，作為饞嘴為
食一族，我們的聖經肯定就是那些印刷圖文精
美，光看也叫人淌口水的食譜。

# 因咖啡之名

來吧，找個地方喝咖啡去，他說。

嗯，我條件反射的一臉難色，又要裝著很輕鬆，對不起，我不喝咖啡，聞聞咖啡的味道，我倒是蠻喜歡的——這還算有禮貌，沒有拒他於千里之外吧。

記憶中，曾幾何時我倒是喝過一陣子咖啡的。那是跟發現自己愛上吃苦瓜就以為終於長大成人的原理一樣，摒棄小孩都愛的牛奶和汽水，更從喝奶茶轉為喝苦苦的咖啡，逼自己闖進青春期，冒著長出一臉豆豆的險，初嚐人生甘苦滋味。

當年當然不知有所謂淺嚐即止，早上也喝中午也喝睡前也喝，而且是很便宜的即沖即溶爛牌子。也不知為何要通宵達旦，不知為何弄出十二指腸潰瘍，不知吃了什麼特效藥然後慢慢的病好了，也就不知就裡的把一切帳都算在咖啡身上，從此點滴不沾——有一會放肆闖闖關，喝了半口已經心跳卜卜響，而且冒汗——從此更多了一個理由，遠離咖啡。

不喝，還是可以聞聞香。那是像環境音樂一樣叫周圍馬上有了氣氛和感覺的一種屬於咖啡的專利。你喝咖啡我就喝茶吧，還慶幸我們可以有權選擇，還容許對方有一點享受的自由。

日子如此這般過去，不喝咖啡卻沒有妨礙我泡咖啡館。那個年代香港還沒有像樣的獨立咖啡文化，咖啡館都依附著四、五星大酒店，其實也就是一個又吃又喝的綜藝部門，他們家的咖啡好不好喝我當然不知道，但英式下午茶的高架銀盤上的小點心諸如司空烘餅小黃瓜三明治，好吃與否我倒是蠻在意的。胡里胡塗的和一群比我年長三至五歲的文化前輩泡在那些咖啡館，純喫茶也培養出一種自以為是的文化理想與感性。後來有機

會在咖啡館早已開得成行成市的台北，好友帶路從這一間混到那一間，更不用說在巴黎在倫敦在紐約甚至在東京，只能開閉咖啡香的我盡情呼吸這些有豐厚咖啡文化歷史的都會空氣，或積極或懶惰的在咖啡館裡看與被看或者不看，都是短暫勾留在那些城市的日子裡的肆意日常。尤其那是一個還沒有星巴克的咖啡年代——

差點忘了義大利，怎能忘了那一小杯叫我心跳得厲害的早上八點的Espresso，每年到米蘭都住同一家小旅館，十多年來掌櫃都是那位精瘦的伯伯叫東尼。小旅館有一個小吧檯，每個早上的半自助式早餐就在那裡解決。我嘴饞，早就買了一大堆從不同市場「蒐集」回來的不同軟硬的乳酪、酸奶、新鮮水果，有一回連雞蛋也忍不住買了一打，風乾火腿也切了一疊，早餐幾乎是人家的午餐。東尼伯伯負責的是給我弄個熱飲，第一回合我就是一口喝了那杯小小的又濃又黑的Espresso，心跳不已的同時認得那個白色小咖啡杯上印著illy的紅底反白小標誌，ILLY是什麼？起初還不很清楚。

然後開始留意，走進城裡每個角落大大小小咖啡館，都會碰上ILLY這個名字——從弄咖啡的機器到袋裝的各種烘焙口味咖啡豆咖啡粉，還有那個經典的白色小杯以及杯面年年定時限量換新圖案的驚喜，ILLY原來是一個有七十年歷史的義大利家喻戶曉的咖啡品牌。

第一代的Francesco Illy老先生赤手空拳打天下，1935年就發明了第一部以蒸氣代替壓縮空氣的自動Espresso機器，同時還引進了有利保存咖啡品質的壓力包裝法。第二代的Ernesto Illy與太太Anna在戰後正式接棒，致

力設立各種生產研究部門，分別在咖啡豆的原產地巴西、中美洲、印度以及非洲都建立生產線，以教育和培訓的合作計劃去提高產品質素。及至第三代Riccardo、Andrea和Anna兄妹都學成加入家族經營，1999年初更在拿坡里開設了咖啡大學，以獨立經營運作的模式去推廣義式咖啡文化，培養新一代的咖啡館經營者和從業員。千禧年間更進一步，在ILLY總部所在地Trieste設立了一個咖啡實驗室caffe ILLY，由以簡約風格著稱的建築師Claudio Silvestrin設計了供實習式營業用的酷斃咖啡館，讓有志把咖啡當成不止一盤生意的熱心人，可以設身處地一試身手。我手頭買來的一本打算送給身邊咖啡痴的千禧年版《全義最佳咖啡指南》（Guida ai Migliroi Bar d'Italia），原來也是Illy贊助的出版物。

常常想，單單只是為了搞好一盤合格像樣的生意，很多人還是會得過且過敷衍了事，ILLY這個家族經營的咖啡事業，都是承繼了義大利企業傳統中那種優秀品質，熱切熱情不在話下，更注重的是企業內任何可以跟文化藝術掛勾的可能性——在這愛美而且懂得美尊重美的國度，這絕不是矯扭造作的姿態，卻是真正從心出發的一種對傳統文化的承傳抱負。

全力贊助1997年度的威尼斯藝術雙年展，把年輕義大利藝術家推介到紐約P.S.1現代藝術中心作交流觀摩，贊助倫敦Central St. Martin的產品設計系學生設計不必拘泥現實的未來幻想型的Espresso咖啡機。連續二十年以上找來國際一級藝術創作人如導演費里尼、柯波拉、大衛林區，藝術家如南準柏、Robert Rauschenberg、Gibert and Geroges、時裝設計師如John Galliano、Alexander Macqueen等等

大名，去為小小的白瓷咖啡杯添上個人的圖像色彩，成為咖啡痴收藏迷引頸以待的樂事。今年正值ILLY七十大壽，更找來十二年前設計這個經典白瓷杯的設計師Matteo Thun，推出赤裸裸的ILLY nude版本，白瓷質料改為水晶，杯底更微微上凸有了放大鏡的效果，晶瑩通透，具體而微，ILLY的紅白商標也大膽的不必附印杯身了，因為信心滿滿的知道ILLY早已深入民心，早已是咖啡的代號。

不只在義大利本土，ILLY在全球超過四萬間咖啡館和餐廳酒店都有連線，每天沖製超過五百萬杯Espresso，喝杯咖啡醒醒神，充滿創意的一天就開始了。以咖啡之名，欣賞人家可以推陳出新痛快發揮，雖然我喝的是白開水，聞聞咖啡香，也很滿足。

01. 不喝咖啡的我，貪心留一個紀念：ILLY即用expresso銀光閃亮包裝。

02. 長期贊助各項國際藝術設計活動，2003年威尼斯雙年展Dreams and Conflicts，會場處處也有ILLY的咖啡香。

03. 義大利畫家Sandro Chia的塗鴉人像，出現在1993年的ILLY紀念版咖啡杯上。

**ILLYMIND**

TRE SPAZI PER LA MENTE DEL VISITATORE
THREE SPACES WHICH REACH OUT
TOWARDS THE VISITOR'S MIND

Un progetto di ricerca di illy per la 50. Esposizione Internazionale
d'Arte in un percorso verso il 'consumo meditato' dell'arte
An illy research project for the 50th International Art Exhibition
a pathway towards the 'meditated consumption' of art

**CARTELLA STAMPA**
**PRESS KIT**

illy

04. 請來藝壇大姐大Louise Bourgeis，2003年的紀念版咖啡杯上是與日月星晨的溫柔對答。

05. 從1992年開始的ILLY collection計劃，連續十一年的紀念版ILLY咖啡杯一覽無遺，特刊封面純白塑料浮凸出一種簡單明白的魅力。

06. 遊走四方的藝壇老將Robert Rauschenberg把倫敦、東京、柏林、莫斯科的地圖都拼貼到杯子盤子上，也就是説你在這些城市都可以一嚐ILLY咖啡香。

07. 把咖啡文化、傢具設計和燈光裝置藝術共冶一爐，藝展場中的ILLY攤位常常比真正的展品更搶風頭。

08. 中國水墨畫家An Du的潑墨小品出現在1995年的紀念杯上。

09. 電子裝置先行者Nam June Paik也把紐約街頭的流動色彩帶到大家手裡。

10. 攝影師Darryl Pottorf的黑白影像也是1999年的一回震撼。

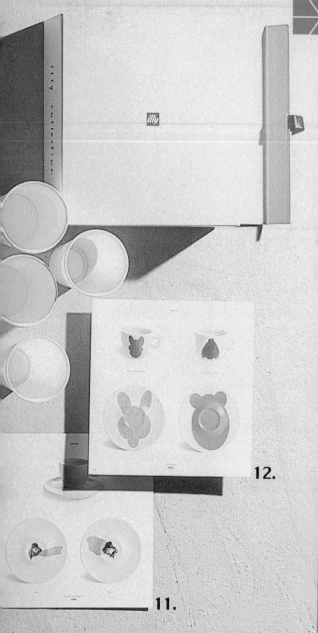

**12.**

**11.**

延伸閱讀

www.illy.com

www.nwlink.com/~donclark/java/
world.html

www.gardfoods.com/coffee/
coffee.coffee.htm

11. 鼓勵學生新秀接力也是ILLY的遠見，跟倫敦設
    計名校Central Saint Martin在千禧年有一次成功
    的合作，杯子留白，只在盤子中心處出現一個
    好奇的凝視。

12. 藝壇搞怪高手Jeff Koons這回不搞情色，倒是
    很卡通的來一趟童真顏色。

# 咖啡或茶

當我在威尼斯建築雙年展偌大的海軍舊軍火庫會
場，半蹲半跪的低頭在看這一組又一組當時得令
的建築師設計的咖啡或茶具系列之際，腦海裡最
直接的一個大問號：這些茶壺咖啡壺究竟會不會
一邊斟一邊漏？

日本建築好拍檔妹島和世與西澤立衛設計的茶壺
奶罐糖盅及杯子，矮矮圓圓的像大大小小將熟未
熟的梨子。壺蓋提起處正是果子連枝的小梗，有
朝一日注滿水，不知梨子是否會倒地成葫蘆？英
國建築師Will Alsop設計的一組正正方方壺嘴朝天
的看來比較可靠，放在水槽一般的盛器裡，多少
似調味架上組合得天衣無縫的油鹽醬醋瓶。在英
國Wiltshire的神秘石柱群周邊設計了如數段弧形火
車軌平行結合的遊客中心的澳洲籍建築師Denton
Corker Marshall，設計的茶壺有如圓錐形竹節一
般，壺口及提柄都像插入身體的來自四方八面的
亂箭。

英國建築界大好人David Chipperfield真的很乖，和
設計了塞納河畔詩意得叫人感動的法國國家圖書
館的法國建築師Dominique Perrault分別都規規矩矩
的交出了還真的很像咖啡壺和茶壺的設計。相對
於美國建築師Greg Lynn設計的像一顆超大花苞
的，以及美國設計團隊Morphosis像一艘變形太空
飛船的設計，先前兩位看來就顯得保守老氣了。
同時是荷蘭貝爾拉格建築學院院長的荷蘭建築師
Wiel Aret，以在建築作品中使用玻璃磚及U形玻璃
著名的他，設計的咖啡壺就像一塊長長窄窄的透
明玻璃磚，既有彈性又隔熱的透明聚氨脂外層把
壺膽形象都充份顯露，傳統的壺把手和壺嘴都除
去了，壺把手是現存壺身中段的凹凸處理，壺嘴
只餘一小孔出水，而且長方磚的大小都一樣。也
就是說，茶壺、咖啡壺、奶罐糖盅都一反傳統變
成一樣高矮大小，只是內膽的間格大小有別，頗
有天下大一統的意味。

至於如日中天的日籍建築師阪茂 Shigeru Ban，依然繼續他對竹節的迷戀，設計的壺形當然也就像曲折對錯的幾段竹桿。剛為香港 ARMANI 亞太旗艦店設計了樓高四層的新舖面的義大利建築拍檔 Massimiliano Fuksas 與 Doriana Mandrell，設計出有點像義大利千層麵皮扭疊起來的一組作品。幾乎忘了當中唯一一位中國代表，香港設計師老朋友張智強一組以潮州功夫茶和飲茶點心蒸籠為靈感發展出來的層層疊疊組合，配件中有我們熟悉的「國粹」宜興紫砂物料……臉龐幾乎貼著陳列櫃玻璃這樣一邊看其實倒還是蠻愉快的，看到的是一群建築師紙上天馬行空的構思變成立體工模，有的還是石膏／木材的坯，有的已經製作打磨成金屬初模，叫人多少感受到創作生產過程中那種粗糙原始的喜悅。

能夠號召起建築界眾多響亮名字參與其事的，自然是更不簡單的義大利家用品龍頭大哥大 ALESSI。這個連一般消費者都熟悉的品牌，近二、三十年來生產設計的項目從高檔精品到中下價生活道具都有；從復刻早期德國包浩斯設計團隊的經典銀器茶壺，到 Guido Venturini 設計的色彩繽紛豐富的陽物狀塑料火爐點火器 Firebird；從建築偶像 Aldo Rossi 設計的 Momento 系列腕錶、La Conica 咖啡壺，到 Philippe Starck 設計的金屬蜘蛛座手動檸檬榨汁器；ALESSI 品牌在其第三代掌門人 Alberto Alessi 的創意經營下，著著領先。最為建築設計行內津津樂道的，莫過於 1979 年間 Alberto 與亦師亦友的義大利建築師 Alessandro Mendini 共同構思的一個設計項目 "Tea & Coffee Piazza"。鑑於當時國際設計壇的義大利風有走下坡的危險，也正值後現代思潮正由建築界醞釀興起，兩人靈機一動，邀請了當時風頭一時無兩的後現代旗手如 Charles Jencks、Robert Venturi、Michael Graves、Han Hollein 等等十一名建築師，替

他們推出定量各九十九套的銀器咖啡／茶具組合。由專業經驗豐富的 ALESSI 廠內自家師傅精心鑄造打磨，大師們的設計當然各有個人自家喜好的建築語言風格，也不約而同的後現代，時空交錯的用上了大量建築史上的造型和細節，拼貼衍生出亦莊亦諧的當年風格。義大利建築師從來都有參與設計家用品的傳統，但這樣大規模而且國際性的項目也算是頭一遭。賣得天價的限量紀念版自然被收藏家們絕早羅致，一般民眾也只能在博物館的陳列櫃中一睹其風采。

距離上一回 1983 年正式公開展出這一咖啡／茶具系列整整廿年，天變地變，主事兩人卻依然興致勃勃地在年前決定將遊戲再玩一次。上一回合的大師如今大多健在，早已德高望重地位昭然，而後起之輩也實在來勢洶洶，這回邀約的都是四五十歲上下的新一代，活在超速變幻的新環境中，理所當然的交出新的功課。這回的設計邀請以「眾塔之城」（City of Towers）為主題，叫一群平日為我們構思設計生活大空間的專業者，再多花腦筋想想我們的家居日常小習慣小動作。一個建築師可以同時是個音樂家、攝影師以及詩人，當然也可以是個廚師，是位可以替我們沖一壺咖啡沏一壺茶的朋友。

那天跟張智強喝茶聊天，得知這一回的生產還是先以限量製作珍藏版為主，推出「競標」的確實日子還未定。對這消息我確是有點納悶不解，說到底這是 ALESSI 的商業動作，如何營運是人家的事，但畢竟整個消費社會對設計品的接受度和使用量都跟二十年前很不一樣了。如果走的是能夠推廣普及的路線，應該也是可行的。又或者主事者還是更有高見，早已看得出這一批肆無忌憚的創意還是跟一般民眾的實際功能需求有異，始終未能搭好一道暢通的橋。又或者簡單的說，

如我所慮，咖啡或茶，還是會一不小心從壺蓋縫隙跑瀉出來？

咖啡或茶，各有所好。自小一喝咖啡就會心跳加速的我，從來只有聞人家煮好的咖啡的份兒，這也實在叫我更珍惜喝到好茶的機會。就如最近在台北買到王德傳茶莊的用別緻的紗袋獨立包裝的桂花普洱，喝下去想到的是一個滑字。我沒有什麼資格品茶評茶，但喝得身心愉快的經驗只有自己最清楚，也最享受。也就正如面前可以有創意十足身價奇高的建築師設計器物，但也有十元八塊一般民眾買得起的貨色，找一個能夠不會弄得一桌盡濕的好壺，也許更合我心。

忽然想起有回參觀過的陝西扶風法門寺地宮1987年出土的成套唐代宮廷大內茶器，據說是迄今出土最齊全的一組茶具，當中用金銀精製的各式茶器輝煌奪目，什麼焙炙時盛茶餅用的。鎏金鏤空鴻雁球路紋銀籠子、貯茶用的鎏金雙獅紋菱弧圈足銀盒、調茶飲茶用的鎏金伎樂紋調達子、還有配方保密只給皇室專用的秘色瓷茶器、傳自伊斯蘭的玻璃茶盞茶托，都是精雕細琢，可遠觀不可褻玩。相對於來自民間的純素法淨的宋代抹茶碗茶托盞，或是明清近代的文人風的宜興紫砂茶壺茶具，後者就更貼近生活日常。那年印度遊蕩，縱使誰跟誰千叮囑萬吩咐小心飲食，我還是樂意在街頭喝一杯又一杯街童用鐵線編成的籃子一承六玻璃小杯的奶茶，那種來自街頭的庶民的能量驚人，咖啡聞香茶好喝，我早作了選擇。

茶有語，器有法，茶聖陸羽在《茶經》中提出四條製作茶具的章法：「因材因地制宜」為一；「持久耐用」為二；「益於茶味，不泄茶香，力求雋永」為三；「雅而不麗，宜儉」為四。今時今日翻開老祖宗的典籍心得，「啜過始知真味永」。咖啡或茶，想必皆如是。

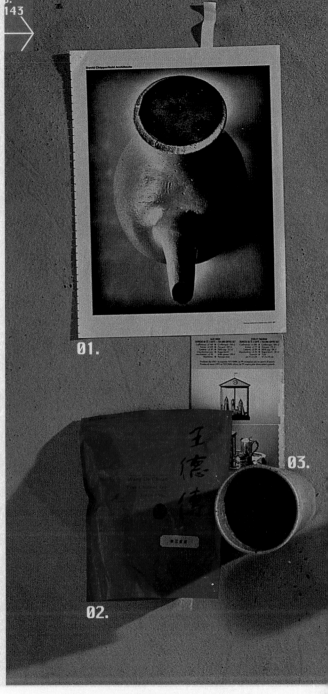

01. 英國建築師David Chipperfield的茶壺設計原模，還算是眾多獲邀嘉賓中一個比較像茶壺的設計。

02. 愛上了王德傳的桂花普洱，入口既滑且香，加上叫人眼前一亮的優雅包裝，當然身邊一群愛喝茶的老友就有福了。

03. 廿年前的經典，Aldo Rossi的全套茶與咖啡組合，還有專用玻璃屋配套，珍貴至極。

04. 巴黎塞納河岸的法國國家圖書館那洋溢詩意的
建築概念叫人驚嘆，建築師Dominique Perault
的茶壺系列亦同樣叫人期待。

05. 用紗布縫製的特式茶袋，也是開啟王德傳大紅
茶罐後的一個驚喜。

06. 建築理論家Charles Jencks一手策動後現代風
潮，將古典建築形樣化身咖啡壺也成一絕，相
對起來，另一位建築大師Richard Meier的設計
就乖得多了。

07. 茶與咖啡以外也不妨來一口巧克力，充滿Art
Deco味道的Van Houten Cacao海報草圖，是
義大利插畫家Sepo於1926年的設計作品。

08. 義大利建築界當紅組合，近作有香港的 GIORGIO ARMANI旗艦店。這一系列的茶具有如室內設計模型。

09. 日本女建築師妹島和世端上來一盆梨，大大小小的梨狀盛器是否裝的都是水果茶？

10. 日本建築師版茂繼續發揮他對竹節的喜好，切割變形重組又成新造型。

11. 香港建築師張智強以點心蒸籠及宜興茶壺為設計起點，搭建起中西茶文化的溝通橋樑。

12. 當年大師如今都先後退休離席，廿年後上場的又是另一批新秀闖將。

# 延伸閱讀

www.booksatoz.com/witsend/tea/
index.htm

www.harney.com/teap.html

Suet, Bruno & Pasqualini, Dominique T.
**The Time of Tea**
Paris: Vilo International, 2000

Alessi, Alberto
**The Dream Factory,
Alessi since 1921**
Milan: Electa, 2001

**Domus, issue 851**
September 2001

Heller, Steven and Fili Louise
**Italian Art Deco, graphic design
between the wars**
San Francisco: Chronicle Books, 1993

宋伯胤著
**品味清香，茶具**
上海文藝出版社，2002

13. 設計界的頭條大事當然值得登上舉足輕重的龍
頭設計雜誌*DOMUS*的封面。

# 跟他回家

意念常常在半夜到訪，他説，在半夜的夢裡，一個花瓶終於成形，人物間的結構關係逐漸清晰，一張建築藍圖，一些句子段落，一件傢具都開始醖釀成熟。明天工作的所有材料都準備好了，夜未央，他還是好好的躺在睡床做著最有創意的夢。

不曉得那舖寬敞的床是否還是舖著他自家設計的重彩Estate紋樣的被蓋，棕色橡木床靠背兩側的小書架是否還堆滿他睡前翻看的書本資料，玻璃床頭燈該還是他鍾情的修長的欖核型，喚作Pirellina的小燈，造型與他在1956年設計建成的最為人稱道的米蘭PIRELLI高樓一樣。床背壁上的巨幅油畫，該是他一家五口的肖像——我沒那麼幸運可以登堂入室，到這位義大利建築設計祖師爺Gio Ponti的私宅去拜訪。我手上拿著的是他眾多傳記中的一本，翻開當中有攝於七○年代後期他去世前不久的一組家居黑白照片，1979年10月16日，他在家裡在睡夢中以八十八歲高齡安詳辭世。

米蘭城中心Duomo教堂是永遠的喧鬧焦點，靠西南方向走去，Via Dezza大街是Gio Ponti晚年家居私宅所在。樓高十層的公寓是他在1957年設計建築修蓋成的，頂樓一層是他晚年定居之處，超過三千平方呎的極其開寬的室內，一面是連接陽台的玻璃門窗，其餘的間格除了幾堵主力牆外，大多是可以全面開合的摺門或是方便拆改的板隔和屏風。「我要一個自由開放的室內間格」，Ponti不止一次的説，隨意更替裝置，獨處或者連結，一切都在變陣重組的過程中。他的畫室、工作(實驗！)室、書房、臥房、廚房、衛浴……都有一種處於運動中的能量。

我站在Via Dezza大街上，隔著馬路抬頭仰望這幢外壁長得跟別的公寓都不一樣的房子。格外多的玻璃門玻璃窗，讓裡外都可以多一點「透明」，晚上遠看家家燈亮，更多了平面圖案的趣味。其實

Ponti作為一個建築大師以外，更為人熟悉的是他早從二、三〇年代開始，就替陶瓷廠玻璃設計了大量的陶瓷擺件、玻璃器皿，以至後來的彩色繽紛圖案俐落鮮明的陶瓷地板壁飾，金屬切割的雕塑擺件，遊走於平面與立體之間，從精描細繪的新古典式樣到抽象拼貼的現代風格，一路走來，創意從未枯竭。從那組珍貴的家居照片檔案我們細心對照，這邊靠牆儲物層架上是早於1925年為Richard-Ginori陶瓷廠設計的Art Deco風格的掛壁，旁邊卻又是晚年為Sabattini設計的銀器雕座，簡潔的剪影條條有若童稚習作，他的輕巧的經典單椅Superleggera三張一列排開，厚重的扶手躺椅Distex有如老太爺一般穩座一旁，牆上的金屬壁燈是銅片方塊與小鋼枝的摩登結構造型，酷得厲害。

我們習慣地把這些多才多藝的創作人設計家建築師稱作 "Renaissance man"，就像義大利文藝復興時代的幾位藝術巨匠一般上天下地無所不能，更何況Ponti先生是百分百義大利國寶，尊稱當之無愧。更難得的是，早於1928年Gio Ponti在米蘭創辦了*DOMUS*雜誌，一本至今仍是建築設計藝術行內居領導地位的星級評論雜誌，Ponti作為早期的責任編輯和寫作人，引領起無數建築設計的風潮評介辯論，四〇年代他又另行創辦*STILE*雜誌，亦策展米蘭Triennale會場的多項建築設計展覽，從自家的設計創作實踐到學術理論探討，Ponti都身體力行，貢獻良多。

承先啟後繼往開來，不以景色取勝的米蘭能夠成為一個設計人材薈萃的重鎮福地，實在有她的歷史因緣。倫巴底省份從來商賈雲集，有說更是資本主義經濟模式的濫觴。不用翻看大堆商業歷史文獻，路過遊人就走一趟我經常遊蕩的米蘭市立公墓，那些奢華的

墓園都是富商後人為先輩修建的天堂，那些比博物館裡的雕像還要精美誇張的氣派十足的天使群，熱鬧不下於市內任何一場時裝秀設計展。有了穩固有效的商業機制，對設計生產的正面贊助支援也是明顯實在的。

久居米蘭的朋友常常開玩笑說，在地下鐵裡任何一個車廂隨便開口評論當季的什麼潮流設計，都會有一個或以上的建築師設計師開腔應答。他們她們無論現在從事哪一個範疇的設計工作，傳統上還是接受過建築訓練，尤其是在米蘭的理工學院建築系，那也就是Gio Ponti和眾多義大利設計大師的母校，聲名顯赫的學長有如米蘭設計界的守護神，後輩亦自然奮發圖強力爭上游。

長時間作為戰後義大利設計的代言人，Gio Ponti的傢具和家用品設計早已遠銷世界各地，他的建築專案也在五〇年代後廣佈北歐、中東、南美以至亞洲地區。瑞典的義大利文化中心、伊朗德黑蘭的度假別墅、巴基斯坦的酒店、巴西的教堂……就連小時候假日裡最愛跟父母閒逛的我，也早就在Gio Ponti建築設計的位於九龍尖沙咀半島酒店附近、彌敦道上繁華地段的瑞興百貨公司裡面撒過嬌要買這買那。

才那麼五、六歲的當年的我究竟有沒有分辨得出這百貨公司的裝潢設計跟別的有什麼不一樣？記憶中從外牆的圖案格局開始，那是一種懾人的貴氣。許多年之後才知道這就是大師的高峰期的得意傑作，大樓後來幾度易手，卻總是有點義大利「血統」，包括有變身成當年時裝龍頭JOYCE的九龍旗艦店，以至今天的BENETTON專門店，一脈相承還是餘音飄蕩。

149

如果要像德國導演溫德斯在東京尋常巷里尋找小津安二郎的日本一般，在米蘭城內拿著地圖翻著資料尋找Ponti也不是太困難的事。畢竟Ponti留給米蘭影響義大利的各類大小設計建築創作實在成百上千，而且一切設計歸根究底都與家居與生活緊密關連。2003年米蘭傢具展同期就在Triennale展場安排有已經巡迴多國的Gio Ponti大型回顧展，終於回到家裡讓大家把他的一生豐富傑作實物資料好好端詳。

即使你是第一回到他的「家」，步出米蘭火車總站，右側天際聳立的馬上就是Ponti建築作品中最負盛名的PIRELLI高樓。如今成為倫巴底地區政府總部的PIRELLI高樓，2002年4月底被小型飛機誤撞以至高層毀損，如今全幢大廈的外牆仍然在維修當中，綠色繩網團團圍住怪怪的。仰望之際忽然想起Ponti在1958年曾經設計過伊拉克首都巴格達的政府總部大樓，如今一場無情不義戰火，大師心血傑作仍在否？

01. Ponti的設計興趣遍及生活各個細節，1955年間為SABATTINI公司設計的銀餐具，一叉一匙也有其投注進去的創意。

02. 從來就是風格化設計實驗的勇者，1939年為羅馬FERRANIA公司辦公室設計的鑲嵌傢具以及1953年為CASSINA設計的扶手椅，都是典型的Ponti簽名作。

03. 前輩大師給後進指點方向，承先啟後，Gio Ponti 絕對是廿世紀的全方位文藝復興人。

04. 走在米蘭城中，不妨編出一條尋找大師設計的路，從地標建築物到傢具到生活細物，都有跡可尋有根有據。

05. 大師作品中最為人樂道的是1956年設計、CASSINA出品的Superleggera，至今仍在生產仍是經典熱賣。

06. Gio Ponti與好友Piero Fornasetti合作的有如微型建築的儲物櫃，簡化了傳統格局結構又配上精細古典建築繪圖，一頭擁抱歷史一頭超現實。

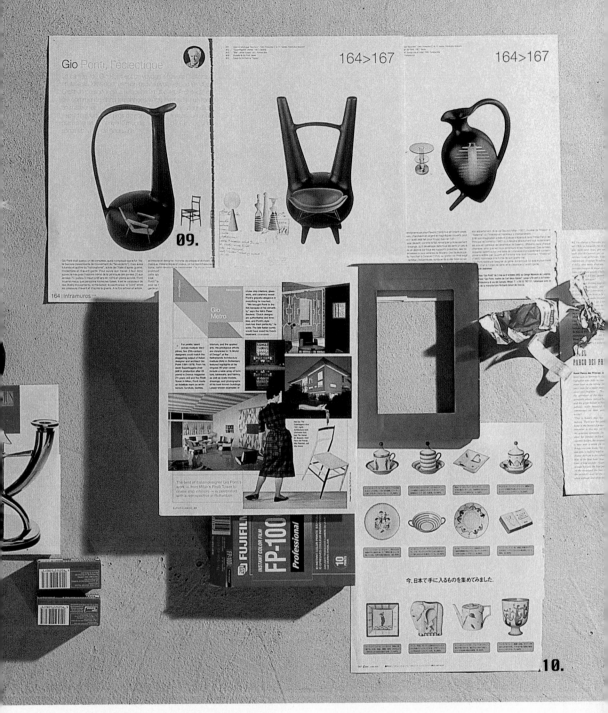

07. 從1941到1947年，Ponti是設計雜誌*STILE*的主編，更時常自繪封面。

08. Ponti的建築處女作，早在1926年設計的位於巴黎市郊的度假別墅。

09. 始終保持手工傳統的靈敏細緻，Ponti早年的陶瓷作品是博物館和收藏家搜羅的目標。

10. 濃厚Art Deco製作風格的早期彩瓷作品，一睹大師設計理念思路的來龍去脈。

11.

12.

延伸閱讀

www.domusweb.it

www.domusacademy.it

www.triennale.it

www.gioponti.com

Irace, Fulvio
**Gio Ponti**
Milano: Cosmit, 1996

Levy, Monica and Peretta, Roberto
**A Key to Milan**
Milano: Hoepli, 1996

11. 除了米蘭火車站外矗立的極負盛名的PIRELLI商
廈，Ponti在海邊小鎮Sorrento也設計有小巧的
酒店Hotel Parco del Principi。

12. 酒店內從傢具到燈飾到餐飲用具到地磚牆飾，
無一不出自Ponti設計，留宿一宵大可當身處
Ponti紀念博物館。

# 世界再造

捧著FORNASETTI的一套五隻掛牆裝飾瓷碟沉沉
的從連卡佛百貨店走出來，離開舒適自在的冷氣
間，迎臉轟轟而來的是攝氏三十五度加上空調倒
流排出的熱氣，有如巨拳擊來再把我捏入掌中，
頃刻一身黏黏糊糊的，又油又汗很煩很惱。面前
馬路上剛巧駛過雙層巴士，公益廣告大剌剌印在
車身，一團雲加上一個拳頭，上書「香港再造」—
—Hong Kong Bounce Back——大熱天時還要跳來跳
去，也真夠熱夠累的。

一個城市如何能夠在經歷了種種天災人禍外圍內
圍的打擊挫敗之後反彈再造，的確是要流汗甚至
流血的。前因若要探索，多少負責領導人不只要
「汗」顏更應該以頭撞牆以謝天下，至於空喊兩句
口號再造再造，或者敲敲鑼鼓舞舞獅放放燄火沖
沖喜，後果更是恐怖——也許此刻外頭實在太
熱，不要跟我在這樣的環境裡討論叫人更加心煩
氣躁的問題。

我還是捧著那沉沉的FORNASETTI，該乘什麼車
該往哪裡走，一時糊塗。

FORNASETTI不是買給自己的，雖然改天如果收
到這份大禮也會衷心高興。這套經典的黑白線描
印金背景的女人頭像瓷碟放在那陳列架上好些日
子了，從開季進貨到五折大減價，好像動也沒動
過，碟上印的那對眼睛眨也不眨。常常問自己，
究竟有多少人還認識這位分別在五〇年代以及八
〇年代末叱吒風雲的義大利設計奇才Piero Fornasetti
呢？在簡約主義蔚然成風更演變成一種促銷口號
的今天，FORNASETTI繁複堆疊的神話的歷史的
人物建築花草樹木圖案，究竟還可以怎樣跟新一
代的即食消費族群接觸？那個其實依然有活力有
創意的FORNASETTI的繁花似錦的世界好像被裁
判成古老過時了，大家急急忙忙翻身再造，更希
望可以輕便簡單的，透明亮麗的，不用怎樣動腦

的流汗的，再造出一個「無」的境界。無，一個折衷犬儒的理解，實在就是什麼也沒有。

我手上那一套FORNASETTI，是買來放在人家的樣品屋示範單位裡的。剛接了一個負責裝飾擺設的案子，上千平方呎的客廳本來空蕩蕩，除了這個那個牌子的沙發桌椅要這樣擺那樣放之外，還需要處理餐桌上的好像開飯前的餐具配搭，也得照顧牆邊矮櫃上該放什麼常綠盆栽。當然一列組合櫃層架上用以突顯屋主人（是誰？）的品味陳設，也得像配藥般替人家安排好。

工作就是工作，我還是很認真盡責很專業的把樁樁件件在極短時間內調配安排好，根據客戶指示要求從無到有，用具體實物建構面前這一個「虛擬」主角的舒適乾淨大方得體的家。在合情合理的範圍內，少許私心的放進其實是十分個人的喜好──比如FORNASETTI。

竟然很清楚的記得跟FORNASETTI初邂逅，是在唸大學時候自家設計系的小小資料室的一堆舊雜誌堆裡，幾頁訪談是Piero老先生在1988年離世之前的最後一次受訪，在他生活了五十三年的米蘭市中心的一棟舊宅內，既是作品陳列室也是工作室也是私宅的空間裡滿滿堆疊的是他多年的作品──從桌椅到杯盆碗碟到書櫃屏風到真絲禮服背心到雨傘及雨傘座，更屬害的是上面叫人過目不忘的圖案是FORNASETTI的註冊紋樣──他愛用的太陽臉、撲克牌、十八世紀仕女頭像、古典建築結構、先哲古人石膏頭像，多是黑白銅版刻印的手法，或配以典雅的淡彩，某些特別版更套上金。圖像不斷重覆衍生變

化出現在各種不同物件上，平面經歷因而「立體」，老先生就這樣娓娓道出他幾十年來如何一手一腳建立起自己獨特的個人風格，如何受文藝復興大師Giotto、Piero della Francesca等人對比例、結構和細節的重視講究的影響，如何與義大利當代的meta-physical玄學派畫家老友如Sironi、de Chirico，作家如Leo Longanesi交流切磋，通過平面裝飾加工讓日常家用設計品也充滿超現實想像。Piero老先生還在訪談中特別提到比他年長廿歲的義大利建築設計大師Gio Ponti，大師晚年與他亦師亦友，合作無間，很多Gio Ponti設計的椅子和傢具都交由FORNASETTI精心加以裝飾──椅子變成太陽神，書桌變成教堂建築模型，開的是超現實的視覺玩笑，也叫作品的個人風格更加跳脫獨特。

我們較容易在坊間接觸得到的叫人印象最深的FORNASETTI作品，是他多達五百個圖案變化的掛牆瓷碟。當中有他從十九世紀早期雜誌上找到的銅版畫線條的女子頭像，且有名有姓叫Lina Cavalieri。也有他極喜愛用上的手掌意象，大手小手幾乎連掌紋也看得一清二楚──也許Piero老先生深諳此道，早就得知命運在我手的道理：掌中條條刻線只是一種啟示一種引領，具體的執行和經驗還是要靠個人後天的努力。

從三〇年代開始收集和整理一切叫他感興趣的圖案資料，經歷戰火動亂社會經濟低迷，然後終於在經濟復甦起飛時候，開始自己的設計事業。用盡各種新的舊的可行的手法和物料，把日常生活器物一一加簽上自己的名字，Piero Fornasetti構建的是一個美好的個人的有想像力的大世界，是創作是設計也是一盤生意。

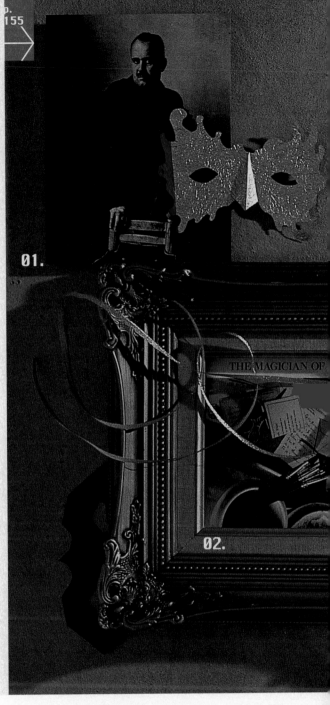

p. 155

如果一個都市要重生再造，絕對不是在全球各地報刊雜誌賣賣咧嘴笑臉廣告說我回來了我怎樣行就會大功告成的。給予城中的每個人最大的自由彈性，讓他們她們都有空間，開放的去再造自己的世界，當每人都在獨一無二的世界中成就了自己肯定了自己，這個氛圍裡潛藏存在的能量早就是以讓這個社會再造再造再造——

恐怕Piero老先生在世當年還未有創意產業這個詞兒，可是他身體力行的確是成為了戰後「義大利再造」的一頁輝煌歷史。此時手裡捧著的一大盒是可以買得到的一些經典段落，說到歷史，果然是有點沉，重。

01.

THE MAGICIAN OF

02.

01. 青壯年時期的Piero Fornasetti，上天下地後顧前瞻，遊走於歷史、神話、現實、未來之間，創意無限，成就自己。

02. 全方位文藝復興人，一手包辦插圖、拼貼、傢具、陶瓷、布料等等設計，還要記得，那是個沒有電腦助陣時代。

03. 自成大世界，肆意地把自己的喜愛，具體落實
　　到生活器物的設計當中，何樂而不為。

04. 超過三百件設計成品，都是以女子Lina Cavalieri
　　為繆斯，發展出的超現實意象叫人驚喜不已。

05. 從碗碟到頭巾到屏風到茶壺，想得出做得到。

06. 以古典人物頭像銅版畫，拼貼做圖案的雨傘
　　架，FORNASETTI個人風格過人，同時又是一
　　種歐洲傳統風格的新詮釋。

07. Piero Fornasetti位於米蘭市中的私家大宅，好
　　事者大好仔細追蹤他的生活喜好。

08. 從來都堅定不移地把裝飾藝術與生活實用結
　　合，空中飛人圖案屏風是收藏家的競標最
　　愛。

09. 老先生離世之後，兒子Barnabas繼承家族事
業，將多年經典作品整理舉辦回顧展，又安排
適量復刻再生產。

# 延伸閱讀

www.fornasetti.com

www.gioponti.com

www.artchive.com/artchive/D/
de_chiricobio.html

www.mcs.csuhayward.edu/
~malek/Chirico.html

www.historicopera.com/
focus_on_cavalieri.htm

www.tallulahs.com/
reutlinger10.html

Raimondi, Giuseppe
**Italian Living Design**
**Three Decades of**
**Interior Decoration 1960-1990**
New York: Rizzoli, 1990

Mauries, Patrick
**Fornasetti: Design of Dreams**
London: Thames and Hudson Ltd, 1991

# 義大利聲音

# 靜物無聲

一別，竟然是十年。

嗨，該認得我吧，當我正試圖揮抹去衣服上歷時十五分鐘的驟雨，一身濕淋淋氣咻咻地登上四層樓站在她門前，Nathalie，十年前，我到過你的工作室——

當然記得，她平靜地一笑，叫人毫不懷疑她的記憶力。那一趟，你還帶來一本厚厚的雜誌，裡面有你的文字你的漫畫……

然後進屋，然後迎來有她的多年伴侶：早已在米蘭落地生根的英國設計師George Sowdon，前輩級的行內翹楚。八○年代初沸沸揚揚的後現代設計風潮中，義大利國寶級設計大師Ettore Sottsass領導的孟菲斯（MEMPHIS）設計團隊的一員要將。當然George身邊還有當年的小女友，來自法國的Nathalie du Pasquier。

來自葡萄酒鄉Bordeau的Nathalie，闖入設計界完全是一個偶然。中學畢業後花了三年時間把世界繞了一圈，最後一站是永遠厲害的羅馬，輾轉北上又路經米蘭，碰上George，從此就有了再不一樣的生活和故事。

MEMPHIS團隊領導人Sottsass是個前衛激進的老頑童，高舉玩笑戲謔娛樂俗艷的後現代大旗，以設計來反諷豐裕時代的多金平庸。旗下的猛將來自五湖四海各家各派；Massimo Iosa-Ghini是科幻的漫畫迷，設計的桌椅都像未來建築；Matteo Thun的能量十足的搞怪立體；日裔Masanori Umeda的東西碰擊匯合；George Sowdon的高度理性開小差；而身為George助手的Nathalie，打從開始都是安安靜靜在工作室的某個角落，為團隊準備設計紋樣圖案（她自己的說法是花布女工）——還記得那些經典的MEMPHIS風格的色彩對比大膽強烈的幾何圖

形結構吧，分別出現在傢具布料、Formica
塑料裝飾板、瓷磚、著色拼貼地板，甚至是
床上枕被用品、幼兒衣物、時裝配飾等等設
計產品中。Nathalie在無數的熱烈的讚賞聲
中，卻很快選擇了一個抽離的動作，引身而
退離開國際設計舞台。因此，我認識的
Nathalie，是畫家Nathalie。

「我真的不需要再多一個茶壺多一把椅子」，
Nathalie淡然而認真地說，在這個別後十年
的大雨滂沱的午後，在她的樓高近廿呎的方
方正正的畫室裡，依著一列排開的落地玻璃
窗，我們喝著剛泡的花茶。

我們真的已經擁有太多，一切都過量了。這
也許就是她為什麼在潮流漩渦中毅然抽退，
不願自己的設計品大量重覆生產，回到她從
前那修道院改裝的頂樓小畫室裡，默默重新
開始，一筆一劃，專心，唯一。

一張畫就是一張畫，她這樣說，更叫我明
白。從創作開始到結束，無論是三天半月還
是一年，關係直接簡單，繪畫的人繪畫的心
情狀態，都寄託載附於這一方領地當中。有
心人看到，馬上跟創作者分享到那私密的感
情。Nathalie有自知之明，她知道她的滿足
來自於這種純樸的個別的分享。

我固然在種種資料不同來源中得知這位漂
亮的法國女子的出生日期出生地，她的閱
歷她的成績，甚至她的浪漫情史，但更能
叫我感覺親近的，是直接進入她的繪畫世
界，一個安靜的，隱約有一點起伏市聲在
遠方背景的世界。容許自己再進去一點，
胸臆充滿一種舒服的由衷歡喜感覺，我甚
至懷疑這也就是我親手繪畫的世界，我有
點不好意思告訴她，我們同時活在同一個

想像的現實的世界裡——

遠方的海邊，港口裡停泊著遠洋輪船，岸邊
有石頭花園，圖中有中國盆景一樣的樹。
饅頭一樣的假山旁邊有方正笨拙的平房和
透視奇特的石椅，忽然跑來一匹花灰白馬，
喘著氣。抬頭看空中有剪紙一樣的白鴿飛
過，白鴿的眼睛今天不是紅的，紅的是　餐
桌上白瓷杯裡的葡萄紅酒。半截法國麵包看
來有點硬了，打開咖啡顏色的櫃子裡面放的
是貝殼與浮石，芥黃的音樂盒，以及淡藍色
的五隻瓷器杯子。口渴了嗎？

這是1992年的Nathalie的繪畫世界，如夢而
不幻，貼心親近是因為裡面都有真實的生
活。童話的神話傳說的感覺隱然在身後，女
傭出場就是要趁主人回來之前就把廳堂打掃
乾淨，時間差不多了，變個身其實自己就是
女主人。

十年前那堆塞著畫架和畫具，充滿著松節油
和油畫顏料氣味的小小工作間叫我印象如此
深刻。她拿出一批塗滿白色顏料的畫作給我
看，是那年冬天大雪後為本來已畫好的畫再
蓋上的白，重重疊疊直至本體幾乎不見。添
加和掩蓋的過程中我們積累，我記得我這樣
對她說。

然後十年過去，當中斷斷續續有在香港看過
她的展出的新作，但往往緣慳一面。即使我
每年都會到米蘭十天八天，但那種擠擁熱鬧
忙亂的展覽場合也不會有她的出現，沒有去
找她是因為不想打擾本來就安靜的她，知道
她活得好好的，就好了。

然後她就出現在面前了，竟然比記憶中十年
前的她年輕？！不可能是可能的，是氣色的

淡定是心境的年輕。看清楚了，畫得也更明白：一幅又一幅新作是靜物，是身邊的玻璃水杯、釘書機、草籃、皮鞋、剪刀油畫刀、繩子、塑料膠水瓶、鑰匙……從齊齊整整的一件一件的排列，到物件前後交疊，玻璃光影交折投射的都有。靜物有情，訴說的是更細緻親密的故事。Nathalie一路自然走過來，走近這個靜物描繪的大傳統，笑說這是她的「古典」時期了，她也笑而不語。而熟悉她跟隨她的都知道，面前呈現的這一切靜物，就是她的生活的濃縮；如何安排？如何協調？如何取捨？用什麼觀點用什麼透視用什麼媒體……平凡實在的去面對去處理自己的生活，沉得住氣，與靜物無聲對話，有若一種修練。

什麼時候會再來？Nathalie打著傘送我出門的時候問。我就是你畫中的那一個盛著半杯水的玻璃杯，我跟她說。

01.

02.

01. 十年前初結識，探訪前收到的一紙地址傳真竟也還在。

02. 會飛的魚，孤獨的花，擁吻的男女，無處不在的天眼……Nathalie的早年作品已經用靜物敘事，而且都是自成一世界的私密傳說。

03. 一直留在身邊的一本Nathalie的早期展覽場刊。
不知不覺，上好的紙也變黃變霉，點點斑駁……

04. Nathalie的多年伴侶George Sowden，國際設
計界中的顯赫名字。

05. Nathalie於MEMPHIS時期的設計作品，相對來
說趨向平面化和裝飾性。

06. 不認不認還須認，含蓄害羞的Nathalie著實是美
人胚子。

nathalie du pasquier

ABITARE

07. 風格不絕衍生蛻變，Nathalie近年的靜物風景已
　　經進入另一昇華階段。

08. 身邊生活小道具，是永遠的創作靈感所在

09. 杯盤碗碟整齊排列，給生活一個規矩秩序。

10. Nathalie的早期作品，人與物的冷靜叫我想起
　　Edward Hopper。

11.

12.

## 延伸閱讀

McQuiston, Liz
**Women in Design**
New York: Rizzoli, 1988

**Le Cadre Gallery**
Ruttonjee House G/F, 11 Duddell Street,
Central, Hong Kong
Lecardre@netvigator.com

**Studio Sowden**
Corso di Porta Nurva,  46-20121 Milano
milan@sowdendesign.com

Radice, Barbara
**Memphis**
New York: Rizzoli, 1984

11. 1992年在香港Le Cadre Gallery，Nathalie的展
覽叫做 "Lost and Found"。得與失之間，匆忙
與閒逸之間，神話故事與現實生活之間，創作
與觀賞之間……

12. 送一雙繡花施鞋給她，什麼時候會成為她作品
中的意象？

# 老師不啞

究竟是誰把那面前份量十足、各自厚厚成千上百頁的辭海辭源、漢英、英漢、漢法、義漢等等大字典畢恭畢敬地稱作啞老師？那肯定是還未有電腦發聲配音快譯通的年代。

我從來翻字典都是特慢特笨，終於找到了要找的詞兒字兒，停在那裡竟然又遊花園，各條目之下的相關不相關，各名詞動詞形容詞之間的長短加減曖昧變化，隱隱約約背後都有故事，一頭栽進去，本來著急趕忙要知道個什麼解釋的，又再滿足不了新的好奇，連環套似的，每個轉彎抹角都有新發現。

把字典當作老師，卻沒有把老師視作權威。碰上我們這類心高氣傲的學生，老師們也怪可憐的。無論多開放多包容的一個教育體制，也總有這樣那樣的規矩。當年我們的設計系已經是整個學院裡最離譜最觸目最為所欲為的了，但我們還是有這樣那樣的反建制小動作，身為過來人的中外老師們常常也哭笑不得，乾脆就放手讓我們繼續亂來，不過要整治我們這群其實還算上進好學的也有必殺技，只要找個機會把我們「關」進系裡的資料室或者大圖書館裡的閱讀室，我們都不得不乖起來——因為那裡有將啟未啟的不同的門和窗，面向不只一個新奇有趣的世界，茫茫的知識大海中有幸碰上厲害的靈媒，靈媒自然也就是尊敬的老師。先不要說那些分門別類的參考書，就是那排列整齊裝釘成磚頭一樣的雜誌期刊，在那裡我邂逅上義大利建築設計雜誌兄妹三人組：*DOMUS*、*ABITARE*和*CASA VOGUE*，仰慕崇拜日久生情，把他和她奉為指路提點啟示的好老師。某種意義上的單戀其實也是很有效的，因為它至少凝聚和證實了你的瘋狂能量和澎湃熱情。

回想一直以來跟雜誌糾纏互動，在讀者、作者、編者幾個身份間快樂的交錯遊走，大抵也是因為

早年在這些資料庫檔案櫃間跟這三兄妹偷歡得爽快極了,開了眼界壯了膽色,知道「雜」「誌」這兩個字這一個詞的廣闊的包涵意義——能夠「雜」,就是可以兼收並蓄的薈萃最流行的最經典的最嚴肅最思考性的最輕巧最有趣味的設計生活中的人物事件;作為「誌」,就是能夠圖文並茂的、創意十足的把這本就是混亂的一切,編輯整理呈現出既有原則態度又保持開放包容的版面紀錄。「誌」通「志」,想起「在心為志」四個字,雜誌好看就是看得出用心,那一本心神專注那一本心神恍惚,作為讀者的心領神會,都知道。

作為義大利建築設計雜誌的長春經典,龍頭大哥大 *DOMUS* 擁有絕對領導地位。不滿足只能在圖書館翻閱那一整櫃幾十年的精裝合訂本,學生時代已經決定很豪奢的擁有,要訂閱起單價有點貴的每期新刊。十多年前直接在香港訂閱 *DOMUS* 的人實在很少,更何況是未踏入專業的設計學生一個。找到一間專門代理進口雜誌的書店,那位處理訂閱的老先生還仔細的從頭到腳打量我,有點「你看 *DOMUS*?」的懷疑。十多年來我還是每個月很準時的到這店裡領取那一本越來越有份量的 *DOMUS*(以及那一直累積訂閱的每月近廿本各類雜誌),老遠從尖沙咀把這一疊沉重得厲害的雜誌搬回辦公室或者家裡,身邊人一直在問為什麼不挑一間鄰近方便的書店隨手散買就好了?這是一種感情一段關係,我只能這樣解釋。

1928 年由 Gio Ponti 這位義大利國寶級建築設計巨匠創立的 *DOMUS* 雜誌,經歷了大半個世紀的歷史的經濟的社會文化的巨變,停刊復刊編輯班底更替,還是不斷推陳出新的以凌厲面目出現。有點吃力的在資料室裡把近卅年的 *DOMUS* 仔細翻閱,讀不完的是當代

義大利以至全球的設計史生活史。每一個舉足輕重的設計大師的歷年創作經驗都有在這裡報導過研究分析評論過,眼前一亮之後鼓勵你消化吸收。*DOMUS* 的編採人員長期在 Gio Ponti 的領導底下已經培養出一種精練準確的文風,對圖文的選取處理也當然挑剔嚴格。Ponti 辭世後的好幾任編輯,包括有建築師 Alessandro Mendini、Mario Bellini、Magnago Lampugnani 以及現任的來自英國的著名建築設計策展人評論人 Deyan Sudjic,都是各有獨特主見,也不怕行內外爭議討論的一級強人,極有抱負的承先啟後,卻又不至於刻板說教以權威自誇自炫,這是 *DOMUS* 魅力所在強勢之處。

有了 *DOMUS* 這位大哥,二哥 *ABITARE* 就顯得活潑貪玩肆得多了。其實二哥年紀也不小,2003 年 12 月是 *ABITARE* 出刊的第四百三十五期。同樣駐守米蘭,*ABITARE* 同樣以報導世界建築設計潮流的最近動態為內容目標。有別於 *DOMUS* 大哥針對建築設計專業人士為讀者對象,*ABITARE* 志在做一本登堂入室卻仍然高檔的「大眾」刊物。長久生活在一個尊重歷史文化藝術的社會生活環境中,義大利平民百姓對家居對設計的關注和仔細要求也絕對有條件支持有如 *ABITARE* 如此定位的雜誌。其更見精簡爽快的文字,更豐富多元的圖片選擇,加上活潑的版面設計和漫畫插圖處理,都叫這位二哥有一個精神飽滿活力十足的表現。如果 *DOMUS* 是稍稍皺著眉的思考智慧型後中年,*ABITARE* 就是一個一臉陽光笑容的青壯年。

兩位男的各有對象各領風騷,*CASA VOGUE* 這位出落神秘的小妹就更迷人了。隸屬 CONDE NAST 集團 *VOGUE* 雜誌下面的這本家居期刊,早年獨立刊行,九〇年代初一度

停刊，近年不定期的依附義大利版 *VOGUE*
隨書贈閱。叫已經好幾吋厚的 Italian *VOGUE*
包裹起來更像磚頭，雞與蛋一併上場，為了
蛋也該買雞吧。

薄薄不足二百頁的 *CASA VOGUE*，無論是之
前「賣錢」還是現在「贈閱」，都是一貫潑辣野
蠻，我行我素的走偏鋒，不以討好大家的流
行為依歸，挑選的題材不是「一般人」的家
居，既懷舊好古沉醉回憶，又跳脫未來作叛
逆的夢。你說她是個女的其實她又嫵媚得很
中性粗暴得很男生，每期都有意外驚喜叫你
再一次不理解義大利人的多元思維邏輯，全
書不顧一切的義大利文敘事，版面設計無成
規打亂章，刊末附幾頁密密麻麻的英譯，愛
看就看，管你。

老師不啞，老師太多話要說，中英義夾雜
的，圖文聲色兼備的，就看學生如何肯定自
己相信自己是有慧根的，如何主動靠近這三
位一體的老師，得到一點什麼刺激啟發，又
或者親密一點，分享一點體溫。

01.

02.

01. 單看不同時期的*DOMUS*封面也能推算雜誌的
編輯方向態度，千禧年前1999年12月號的斑
爛，是對廿世紀設計藝術一趟熱情回顧。

02. 設計圈子的大事小事第一時間精準報導，2003年
的 1 月 號 ， *ABITARE* 就 籌 劃 了 Achillie
Castigilioni的懷念專號，向高齡辭世的一代設
計大師致上深深的敬意。

03. 作為時尚潮流雜誌VOGUE的增刊別冊，CASA VOGUE隨心隨意就像時而高貴亮麗時而調皮搗蛋的好妹妹。

04. DOMUS封面經常都是震撼力強的海報作品，1994年4月號封面跟現代傢具大師夫婦檔Ray & Charles Eames開了個小玩笑。

05. 米蘭傢具展會場設有DOMUS專櫃，小巧明信片一套十張都是歷年封面，是珍藏至愛。

06. ABITARE出版物中，有將雜誌中精彩家居或商業空間獨立編輯成專書的CASE半年刊。

07. 邁過了整整七十五個年頭的*DOMUS*，創刊1號
封面是四平八穩的典雅設計。

08. 作為好動活潑的二弟，*ABITARE*的封面經常採
用漫畫插畫家的出色作品。

09. *CASA VOGUE*的封面設計俐落乾淨，數年下來
都風格統一，看得出美編的駕馭功力。

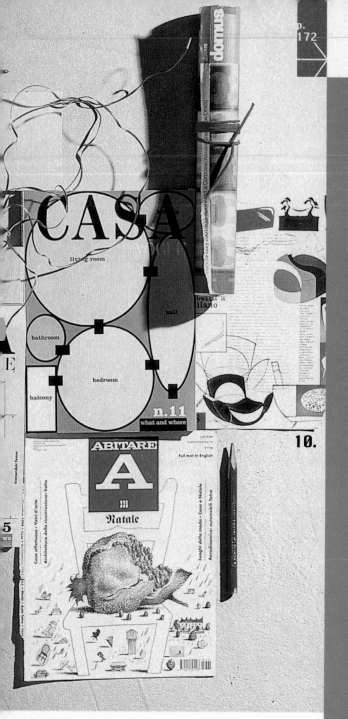

p. 172

延伸閱讀

**www.abitare.it**

**www.domusweb.it**

**www.domusacademy.com**

10. 翻開內頁，*CASA VOGUE*的版面安排卻又常常
　　是肆意小放縱。

# 拉丁老情人

如果要用錢買一點什麼——

買一些記憶，買一種能量，甚至買回一個年代，
也並非沒有可能。

要買？先存點錢吧，常常這樣告訴自己，又或者
用另一個阿Q的方法，用人家的錢替人家買，至少
可以跟被購物有一個近距離的接觸，一種聊勝於
無的滿足。

因此在替他裝修新房子的時候，建議他在那個偌
大的全白的客廳中沙發旁安放一盞Arco地燈，義
大利設計師Castiglioni兄弟組合在1962年設計的過
目不忘的經典。一端大理石底座伸出鋼管再延伸
成弧，連接俐落乾淨一個打磨光亮的不鏽鋼燈
罩，大膽新鮮，流暢爽快。那個時候我們還剛哇
哇墜地人家正處創作高峰期，也總算是同一個時
代的「產品」吧！

同樣在替她翻修老家的時候，也慫恿她在飯桌上
空懸掛一組同樣由 Achille Castiglioni 於1996年設
計的喚作Fucsia的吊燈。八個通透內露燈泡的修
長玻璃圓錐，順次排列自成一種明快節奏，煞
是好看。低調的玩一回高調的遊戲，過癮，也
就在此。

當然也會給他介紹由另一位近年最愛把塑料混凝
成one-off工藝品的怪怪老先生Gaetano Pesce早在
1969年設計的一張海綿沙發。買回來的時候壓縮成
扁平狀，拆封的時候「彈跳」回甜甜圈或者圓球甚
至是豐滿女體狀——你該買的是鮮紅版本，我對
這位面色長期有點蒼白但在舞台上卻會飛天遁地
的老友說。

這樣用人家的錢來滿足自己，我倒沒有任何悔歉
之意。作媒也是一種專業，安排她或者他和一盞

燈一張沙發以至一個碗一只碟結婚，我是有做好功課足夠了解我這些朋友們的日常言行舉止生活細節。有趣的是，傾向給她或者他推介引見的「對象」都是老先生，而且是義大利老先生，始終是拉丁情人，要轟烈有轟烈要溫柔有溫柔，而且都長得不太高，比那些像白楊樹一樣的北歐人來得容易溝通配搭。

太年輕的義大利朋友身邊倒沒有幾個，又是埋怨消費模式的全球化吧，把年輕人都弄得千篇一律面目模糊，愛的恨的都差不多。不像他們她們的父兄輩，性格突出稜角分明，吃過苦也富得起，也就是這樣，才有所謂義大利設計的出現，而且都是舉足輕重的創作人，作品一時無兩！

這些拉丁老情人名字都應該好好記住：叫人把椅子聯想到人體和呼吸的 Franco Albini 和 Carle Mollino；貴族一般典雅和固執的 Piero Fornasetti；從來沒有放棄實驗的 Achille 和 Pier Giacomo Castiglioni 兄弟；把玩具放大變身的 Joe Colombo 和 Marco Zanuso；玩世不恭的 Etore Sottsass 和 Gaetano Pesce；積極扶植後進的 Enzo Mari、Vico Magistretti 和 Andrea Branzi……厚厚的 *Who's Who in Italian Design* 永遠是一年四季全天候送禮佳品，叫一票友人們都認得這些情人們的長相行宜，了解他們的瘋狂的細密的思路，然後你忽然明白，熱情、好奇、多變，都是拉丁情人們足以叫你愛到死的原因。

2002年底，德高望重的大師 Achille Castiglioni 休息去了，終年八十四高齡。這位米蘭出生、系出米蘭理工學院名門，本身就是一本義大利設計近代史的老先生，榮譽無數徒子徒孫成群，辭世之後自然有紛沓而來悼念追思的文章以及紀念活動。隔岸徒孫英國設計師

Jasper Morrison 回憶起他第一次探訪老先生的工作室，在那一堆著名的有如地攤舊貨的收藏了幾十年的日常設計非設計品中，老先生拿起一個用拍立得菲林摺成的太陽眼鏡，親身示範講解，談到的是如何永遠對日常細物有一個好奇有一種熱情。所謂設計，或者是再設計，都是源於對生活的熟悉了解對生活的不平不滿。平心而論我們已經擁有太多，一切日用必需的都已經被設計過，今時今日作為設計師，主要任務就是把椅子桌子衣褲鞋襪杯盤碗碟不斷改造，為求與時並進，把「現成」的設計賦予好玩新意，個人創作樂趣與社會責任義務就在這個時候得到疊合，沒有什麼大不了卻也不應掉以輕心——找到了自己，包括愛情、工作、生活收入，何樂而不為。

跟隨 Castiglioni 老先生多年的設計師 Italo Lupi 提到先生的一句名言，「功能，就是最美麗的一種形式」。這不難理解為什麼老先生在設計工作室的案頭上，總是堆滿不同的門閂門鎖、變壓器、電燈開關等等「硬物」，這些樸實的功能性的結構竟就是他的靈感源頭。多年老友 Alessandro Mendini 特別指出老先生的設計經常充滿笑謔力和戲劇感，一種義大利式的達達主義，靈感不來自學術理論邏輯，卻是全然的隨機創作敏感反應，在芸芸雜物中手到拿來拼貼成形，構建出自己的設計風格體系。毫無疑問的，這其實也就是一種大智大勇。

另一位同樣精彩的義大利國寶級 Maestro，Ettore Sottsass 直言君子之交淡如水，他跟 Castiglioni 並不經常見面，但在種種設計展覽或者會議的人聲鼎沸卻沒有什麼實在話的場合中，兩位先生會遠遠的點頭微笑交換眼神，潛台詞是：我們在這裡幹嘛？

p.
175

我們在這裡幹嘛？天天問，分分秒秒問，這也許就是生活本身，對於這些前輩級拉丁老情人，在生活中一點一滴發現生命，發現生命是如此複雜、脆弱而且艱難，唯一可以問的，就是我們在這裡幹嘛？然後微笑，然後繼續找尋那一小塊可以讓大家赤裸的原始的解除所有武裝的地方，在那裡可以放鬆一點，離地輕浮。

老的溫醇相對新的青澀，容許我稍微固執的選擇：念舊不是一種退步，希望你明白。

01. 1992年時候設計的吊燈喚作Brera S，大師Achille
　　Castiglioni作品巧妙之處就是點石成金，一個平
　　凡形體加上少許變動細節就叫人一新耳目。

02. 酷得滿天飛的金屬燈罩Splugen Bran是Achille
　　與兄弟Pier Giacomo在1961年設計的，早已成
　　為許多室內設計師樂用的經典。

03. 經典中的經典Arco，似乎所有品牌的傢具陳列
　　室中都有它的蹤影，放在家中是否可以少買一
　　台健身器我就不曉得。

04. 1987年間Achille Castiglioni接受倫敦皇家藝術
　　學院頒授榮譽學位，其實一紙證明書又豈能概
　　括這位老師的成就。

05. Archille Castiglioni發揮「撿破爛」的設計精神，
　　一切生活上大小器物都成為創作靈感。

06. 搖搖單椅Sella Stool是Archille Castiglioni早於
　　1957年出道初期設計的充滿達達主義實驗味
　　道的作品，廠商ZANOTTA於1983年有復刻版
　　本的推出。

07. 要在藝術上有成就有貢獻，這些身體力行的拉丁老情人靠的是用心琢磨和恆久堅持，銀幕上下的馬斯楚安尼（Marcello Mastroianni）也是一個絕佳例子。

08. 搞怪老將Gaetano Pesce早在1969年就設計有用壓縮海棉塑料彈跳開來的躺椅Donna，造型有如女體，暢銷大賣。

09. 從不言倦的 Gaetano Pesce於 1980年 在CASSINA旗下又推出了 "sunset in New York" 一組八件的沙發組合，紐約黃昏日落漫畫立體形象起來。

10. 圓錐Fucsia從單獨一只高高掛到十二只排列好熱鬧，Achille Castiglioni 1996年的力作證明了老而彌堅的道理。

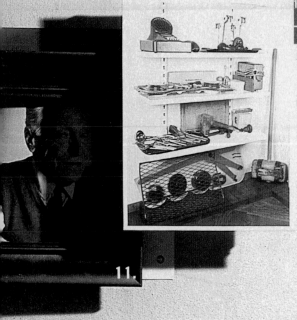

11.

12.

延伸閱讀

www.flos.net

www.zanotta.it

www.cassina.it

Polano, Sergio
**Achille Castiglion Complete Works**
Milano: Electa, 2001

Bornsen, Nina & Holtmann
**Italian Design**
Koln: Taschen, 1983

11. 叫人深深懷念的Archille Castiglioni，天堂在
上，看來又多了一個搞事搗蛋的。

12. 擅長把彩色塑料玩出一個不知名狀的盛器，
Gaetano Pesce無時無刻都在搞新玩意。

# 末日崇拜

一周之末，天色灰濛濛，太陽也選擇休息。

南方海島一隅，秋冬交接有一種勉強的微涼，有最適宜睡眠的氣溫環境，可有睡眠的時間？

身體已經在兩三個星期前告訴自己，再這樣日以繼夜的，實在對不起自己。然而從來沒膽量拖欠人家，只好死命努力，把一切答應別人的都一一仔細完成，期待讚美和掌聲可以遮蓋鏡中的灰頭土臉，怪可憐。

紛沓而來的據說是最快最新的好消息壞消息，叫人動情叫人生氣，訊息爆炸導致死傷無數，每天我們就這樣殘缺不全的活在地上，難道要學航天英雄飛上太空才可以不斷重覆述說自我感覺良好？努力兼收並蓄反而喪失了自我，再感覺不出任何感覺，良好畢竟是一個超難度高標準。

累了，甚至病了，用剩餘僅有的氣力把窗關上把門關上，熄了燈，躺在床上（對不起，還是不敢把手機關掉），幻想時間不存在，決定不顧一切地睡——周一至周六的擁擠豐富煩氣逐漸淡出，失憶應該是健康的，周末醒來或不醒來，我可以做什麼？

還是醒過來了，在灰濛濛的微涼當中，竟然幸福的發覺比平日晚起了三個小時，星期日早上十點，伸手隨便拿起床邊一本書，卡爾維諾的《給下一輪太平盛世的備忘錄》。反覆看了不知多少遍的一本小書，今天早上跳進來的第一句，旁邊畫了不止一道線以示重要：「我們所選擇並珍視的生命中的每一樣輕盈事物，不久就會顯現出它真實的重量，令人無法承受，或許只有智慧的活潑靈動，才得以躲避這種判決……我必須改變策略，採取不一樣的角度，以不同的邏輯、新穎的認知和鑑定方法來看待世界」。當肩負重任，當自以為是，當深呼吸也舒解不了沉沉壓力，我們就得選

擇輕盈敏捷的一躍,無噪音的,無侵略性的,繞道而去,另尋蹊徑——「人應該輕如小鳥,而不是輕如羽毛」。

有什麼比在星期日早上,沒有既定目標方向的隨意閱讀更快樂的呢?更何況是心儀偶像的厲害文字。再翻開談論「快」的一章,卡爾維諾談到他從少年時代的個人座右銘是那句古老的拉丁文:Festina Lente——慢慢地趕快,這跟我們老祖宗所說的「欲速則不達」倒可以交錯思考。

閉眼快速搜尋,從許多許多年前讀西西的文章知道卡爾維諾其人其文字開始,追讀他的小說如《看不見的城市》及《如果在冬夜,一個旅人》的英文版,以及後來時報出版陸續印行的中譯……。他說故事的獨特方法與結構,他行文導引出的種種想像和創造的可能性,作為讀者被激發被訓練出一種觀察人際事物的新角度,有幸在少年時代迷上了他,到今日依然心存感激,看什麼書成什麼人,我願意這樣相信。

在不足的光線裡頭看書,理所當然的累。身邊的伴在被窩裡翻了一下身,繼續酣睡,因此,我也把書放下了。

再醒來,快要中午。兩人滿足對望,決定不再糾纏。睡得好最清楚接著下來要吃什麼,半小時後,餐桌上是一盤新鮮蕃茄跟水牛乳酪的涼拌,鋪上一堆烤得焦焦的日本小青椒,澆的是日本醬油和義大利橄欖油。少不了是最簡單的蒜頭辣椒義大利麵,沒有帕瑪基諾起司也還可以——多久沒有在家裡非工作的燒菜,想起來有夠慚愧。

一向任性的我還是懂得把心一橫的,飯後決定看一套電影,一堆還未拆封的DVD挑出帕索里尼導演改編自薄伽丘的《十日談》(The Decameron)。以十四世紀義大利南方城市那不勒斯作背景,生氣勃勃,色彩斑斕的中世紀生活就在眼前。種種叫人捧腹開懷的性笑料,叫修女、神父、園丁、大盜、畫家、農民打成一片。電影中開放健康的暢談情慾,柏索里尼本人也十分上鏡的飾演壁畫大師,以創作人身份與顯靈的聖母相會——人間天上神聖世俗真正互動,叫人深深體會輕重不分快慢不拘的絕妙。

當年一套也不走眼的看完了這位電影詩人的回顧大展,目瞪口呆之際決定要上路尋找帕氏眾多電影的場景:葉門的首都薩那、義大利南方海岸、耶路撒冷、約旦、印度……日後在旅途上當然有跟電影中不同的風景,但因此更對這牽線的媒人不離不棄,他是詩人他是思想家他是革命者他是同志他是天使,他教懂追隨他的影迷如我如何去生事去反駁去直視去嫉惡如仇,他「猶如一顆割切得宜的鑽石,每一面都閃著光,相互反駁而渾然為一」,吾友魏紹恩如此寫他。

懶懶的午後是否適宜革命,見仁見智。難得一個決絕的不工作的星期日,索性就讓所有偶像都出場,逐一崇拜。看罷《十日談》,竟然可以在半明半暗中再睡片刻,醒來時空氣中飄蕩著的音樂是另一位大師費里尼的半自傳電影《阿瑪珂德》(Amarcord)的電影配樂。不知怎的,有些音樂就是能夠叫人輕快——卡爾維諾要求的那種輕,那種快,在充份了解沉重,而且懂得緩慢之後的輕而快,彷彿向晚之後馬上是另一個清晨的開始。即使面前是排得密密麻麻的工作椿椿件件,如果能夠像大師費里尼一樣有著對世界的無盡好奇對生命的狂野熱忱,且願意站在邊緣位置處

p.
181

理具體現實與抽象現實的矛盾衝突，以充沛
精力創作不斷，工作工作再工作都看來像玩
樂像遊戲，那麼玩得再累也是值得的。

一周之末叫做星期日，簡稱末日。末日時
分，齊來崇拜，願曾經為我們指路的心儀偶
像們繼續與我們共在。

01. 就為那封面那幾行線，為那印金的一方設計，為
那閃閃發亮的作者名字，不懂義大利文的我也貪
心的買一本心愛的原著：Italo Calvino的 *Le Citta
Invisibili*，看不見，在心中。

02. 大海航行，無邊無際，相信冥冥中有大師在指點
引路，又或者，隨他們冒險，甚至迷路。

03. 卡爾維諾名著中譯本還未面世之前，似懂非懂的
　　啃完了可以買得到的英譯，又驚又喜，又徬徨又
　　踏實，猶如在冬夜，晚上，旅途中，一個人。

04. 重覆翻看電影還嫌不夠，身邊一片費里尼半自
　　傳電影《Amarcord》的電影配樂，多年重播不
　　只百趟，Nino Bota編寫的柔揚音樂一起，就安
　　心。

05. 多年前第一趟威尼斯買來讀本，沿著歷代作家
　　的遊歷足跡，走進這浮浮沉沉的迷宮當中。

06. 卡爾維諾蒐集編寫的義大利民間傳奇，是作者
　　口中一切故事的源頭，一切創作能量的來處。

07. 剪貼式的瘋狂笑謔的堵塞的奔馳的宗教的俗世的，費里尼的《羅馬》。

08. 因為帕索里尼，因為《一千零一夜》因為《十日談》，我到了葉門，到了那個有異域古城有黃沙大漠的國度，更在海港阿丁到法國詩人韓波的故居朝聖，這是額外獎勵。

09. 有幸完整的看過了帕索里尼的電影，恭敬認真詳盡的做過了觀影筆記還有那之後的激烈的辯論……那是青春成長期的一項盛事，回想起來心還在噗噗跳。

10. 費里尼的《甜美生活》(La Dolce Vita)，如何甜？如何美？又如何苦與辣？

11. 詩人，作家，革命者，同志，電影導演……眾多
身份集一身的帕索里尼更是標準義大利美男子。

12. 驚世駭俗的《索多瑪120天》(Salo)，在帕索里尼
去世前數周完成，「……像大理石一般冰冷、晦
暗，如鑽石一般的純粹、銳利」。

# 延伸閱讀

www.italocalvino.net

www.kirjasto.sci.fi/calvino.htm

www.geocities.com/Athens/Forum/
7504/calvino.html

www.pasolini.net

www.pasolini.net/
english_biografia01.htm

Calvino, Italo
**Italian Folktales**
New York: Harvest /HBJ Book, 1980

卡爾維諾·伊塔羅著　王志弘譯
**看不見的城市**
台北：時報出版，1993

卡爾維諾·伊塔羅著　吳潛誠譯
**如果在冬夜，一個旅人**
台北：時報出版，1993

卡爾維諾·伊塔羅著　吳潛誠譯
**給下一輪太平盛世的備忘錄**
台北：時報出版，1993

Grazzini, Giovanni 著　邱芳莉譯
**費里尼對話錄**
台北：遠流出版，1993

邦德內拉·彼德　林文琪等譯
**電影詩人費里尼**
台北：萬象圖書，1995

Chandler, Charlotte 著　黃翠華譯
**夢是唯一的現實**
台北：遠流出版，1996

葛林·娜歐蜜著　林寶元譯
**異端的電影與詩學，
帕索里尼的性、政治與神話**
台北：萬象圖書，1994

# 先生好奇

大好星期天，陽光燦爛，請問，可以跟您一起到外面走走嗎？

他們都說您有一張憂鬱的臉，我倒不覺得。我看見您笑，雖然笑不走那一臉深刻的皺紋，但皺紋就是經歷，也就是我一直摸著自己的臉冀盼期待的。

和您走在路上，走在那混亂得沒法收拾的抬頭不曉得是北京是上海是西安還是成都的吊臂舞動的建築工地旁，走到印度的唸不出名字的鄉鎮的塗滿桃紅草青水藍的造型奇特的獨幢水泥房面前，走過吳哥窟那藤蔓錯綜纏繞的寺廟破壁，走進你熟悉不過義大利荒郊，巴西的市郊國宅竟然與香港新界新市鎮的公共房屋如此相似——

路上我們碰到的人，看見您，都一臉驚喜的來不及反應。當然也有不認識您的，我該怎樣向他們她們介紹身邊這位把花白頭髮束成小辮，皺紋滿臉依然滿溢天真好奇孩子氣的您？難道要我翻開TASCHEN出版社廿世紀設計厚厚大書第六百五十二頁，高聲向大家朗誦您的簡歷——您實在無法被三言兩語簡介，Ettore Sottsass，義大利殿堂級設計界元老，今年八十六歲，早年就讀於哪裡哪裡，服務過的公司，合作過的夥伴，設計過的產品，講過的課，領導過的、推翻過的、驕傲過的、後悔過的……這能夠簡介嗎？這麼豐盛的八十六個年頭能夠用文字紀錄用言語轉述嗎？

我本來準備了很多很多的問題要問您，可是一下子都沒有問題了。能夠走在您的身旁（其實是遠遠在後），已經好興奮好滿足了。直到現在我還是很貪心的有很多的偶像：文字的偶像、畫畫的畫漫畫的偶像、做雕塑的、弄音樂的、拍電影的……，要說到做設計的偶像、偶像中的偶像，就是先生您了。恐怕您會介意，但是我不管。

我當然不會問先生您這許多年來成千上萬件創作中究竟最喜歡最滿意哪件作品，更不會反問你最討厭最後悔哪一件，這一切設問都顯得聰明有餘智慧不足了。因為你說過，十分吊詭十分禪地說過，根本沒有什麼物件是值得保留的，一切都是暫時的，都是一種悲劇性的存在。我們都活在臨時搭建的簡陋屋簷下，沒有人跑到屋簷上去伸手觸摸宇宙，所以我們都是那麼無知。沒有宗教信仰的先生您就更無法從某些人的上帝那兒竊取什麼靈性的感召，一方面知道物件的無意義，卻一方面不斷設計製造物件。您作了比喻，一個有點色情但也夠恐怖的比喻：這不斷製造的過程就像由自己一手（兩手？）做成的激烈萬分的自瀆，一發不可收拾直至射精高潮，高潮也就是死亡那一剎。

話說回來，當今在世也鮮有像先生您這樣德高望重地自瀆也依然獲得來自四面八方的擊節讚賞的。您說過在您六十歲後的真正成名為您帶來了另一個Ettore Sottsass——一個明星一般的您，但這個明星其實不是您。您不曾為名而工作而努力，成名是自己跑來的，您依然願意簡單的做一個陶瓷花瓶，做好了拿去送給漂亮的女朋友，女朋友很喜歡，問您可不可以把花瓶送給她，您點頭，她笑了，還吻了您，您因此滿足——我們做任何事，簡單也好複雜也好，不就是應該這樣，為了所愛的人為了自己，能夠這樣，已經很好，很好了。

一切都是現在式的，您說。過去並不存在，懷舊並無必要，將來也是未知的，過去未來都看我們現在怎樣演繹詮釋，所以有人問您由您一手在廿二年前發起的設計史上天翻地覆的MEMPHIS運動以及所有關於後現代的雜音該如何評價？您依稀記得當年的過癮，

那分享過的動能，您也狡黠的話題一轉指出揮動現代主義理性大旗的Le Corbusier，說細看他的文字作品其實嗅出刺鼻的法西斯氣味——如果世界上所有城市都蓋成Le Corbusier建築構想中的樣子，那麼他就是人類史上最大的罪犯了。您不願意被千夫所指，所以您一直變，一直動，又一直都叫人一眼就認出，這，這不就是Ettore Sottsass嗎！

我們面前因此有您早在電腦年代啟動之前，替義大利打字機名牌OLIVETTI設計的不同系列的暢銷熱賣的打字機，當中最火最紅的果然就叫作Valentine有情人。也有數不清的限量製作的造型奇特用色厲害的陶瓷瓶罐碗碟、玻璃、水晶、金屬、木器、漆器等等不同物料各種版本是全球高級工藝收藏家的心頭摯愛目標首選。您在MEMPHIS時代那一批技驚四座引起爭議甚至惹來謾罵的傢具（!?），用最便宜的彩色Formica塑料合成薄板配搭貴重金屬和石材，刻意反設計搞顛覆，竟也乘勢而起成了時代最強音。及至近年您受新加坡華人巨富委託設計建築的住宅別墅群，是我看過的最活潑有趣的最像彩色積木組合的豪宅。

停不了的您放不下的是對萬事萬物的好奇，越好奇越認識了解就越看透物您世界的脆弱存在無意義。一如其他大智大慧的同道，您既是矛又是盾，最悲觀消極也最樂觀積極，您痛心現今設計界完全由市場行銷操控，不忍設計師只是扮演一種乖巧服從的角色。您一語道破所謂創意creativity已經淪為廣告宣傳用語，只用來美化和保障業者營商的「意義」。「文藝復興巨匠達文西從來不談創意。」您有點憤怒的說。因此我們明白您為什麼不再參與大規模量產的工業設計，寧願與手工藝技師合作，設計物只作限量製作，

您深明這不是為高檔而高檔，也只有這樣，在這個草率即食的生態環境裡，才能保持設計物的精緻純粹。

您今年八十六歲了，您不忌諱的經常談到死。您不怕死。一切自然而然。不眷戀過去但也實在有點憂鬱——這是一個詩人如先生您不可缺少的感傷情懷吧。被問到您對後輩有什麼提點建議，您倒很直接的說沒有什麼好提點建議的，只是希望大家要有耐性，要沈得住氣，對人對己要有很大的憐憫同情心——因為我們都同坐一條船，或早或晚，既是船，就會沉。

01. Ettore Sottsass設計的彩色房子都像積木玩具屋，叫人走進去馬上回到孩提時代那種天真單純，好奇任性。

02. 三歲的Sottsass先生愛玩球，在他眼中的未來大世界，不也就是一個不斷滾動的球嗎？

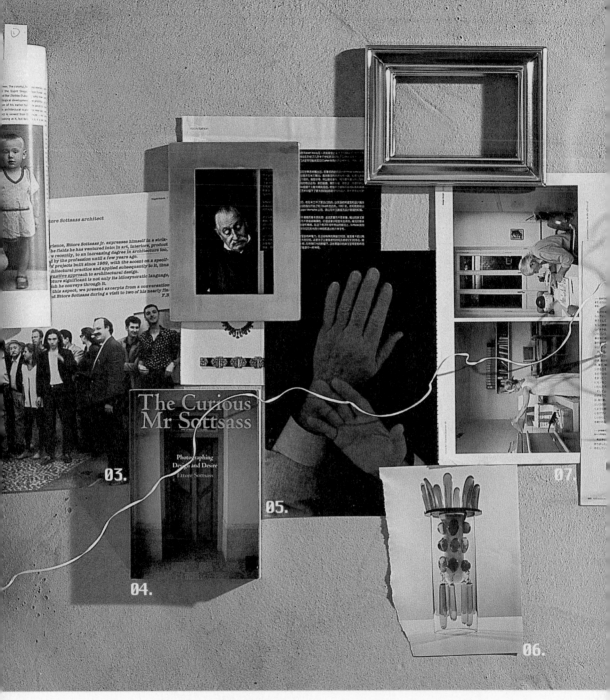

03. Sottsass先生和它們建築設計團隊，合作無間通宵無數，來自世界各地的邀約，都是冒他的好玩大名，希望能像他一樣，越玩越年輕。

04. Sottsass先生是同時是一位屬害作家和敏感攝影師，像詩一般的散文，像雕塑一般的攝影，越了界犯了規，更好。

05. 大師雙手，夠清楚讓你看到他的掌紋嗎？

06. 典型的Sottsass 玻璃作品，天外來客自顧自風騷。

07. 結著小辮像個老印第安人的Sottsass先生在辦公室裡，同樣酷的是他的私人助理Lianna。

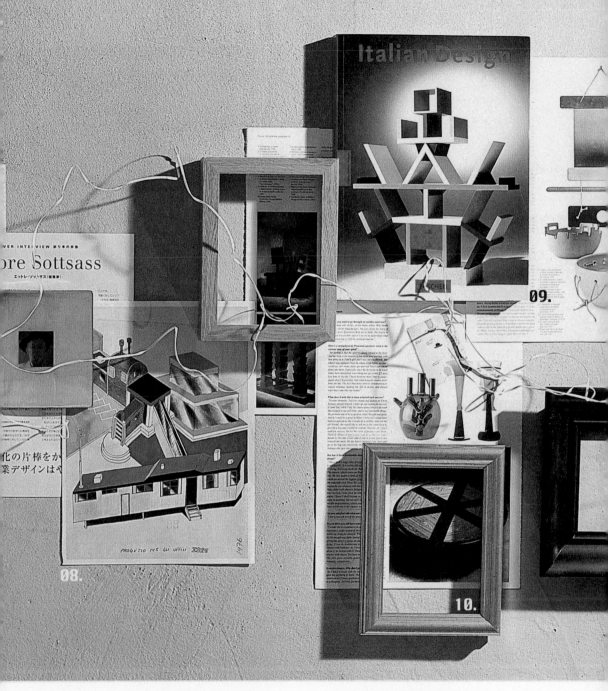

08. Sottsass先生的手繪建築圖有著大膽的透視、
　　厲害的顏色、迷人的風格⋯⋯

09. 八○年代一手組織策動MEMPHIS設計團隊，當
　　年備受爭議的代表設計作中有這個據説是書架
　　的怪物喚作Carlton。

10. 將不同物料不同紋理衝擊拼合出雜種怪胎是
　　Sottsass先生的拿手好戲。大圓桌有兩種木紋
　　桌面有大理石和鋼的底座，1996年的作品。

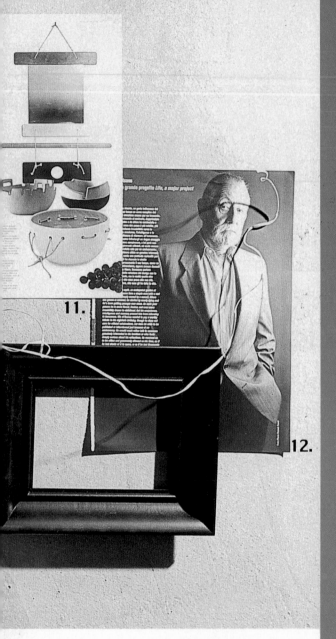

## 延伸閱讀

www.sottsass.it

www.design-technology.org/
ettoresottsass.htm

www.designboom.com/eng/
interview/sottsass.html

Sottsass, Ettore
**The Curious Mr Sottsass**
London: Thames and Hudson

Radice, Barbara
**Memphis**
New York: Rizzoli, 1984

11. 早於1959年的陶瓷作品,已經看出有搞怪
苗頭。

12. 長得一臉憂鬱的Sottsass先生,因為悲觀,所
以樂觀,因為憤怒,所以熱愛。

# 最後奢侈

時間就是金錢，一個比較過時的說法。

時間就是奢侈，還算有點新意。

是金錢的話，好像還可以努力的掙來牢牢的抓緊，一點一點好好計算，一分一秒的花。如果是奢侈的話，可能根本就負擔不起，永遠隔著櫥窗的一塊反照見自己寒酸倒霉的厚玻璃，不怎麼望得清裡頭的華美亮麗——從來沒有時間，悔恨與時間無緣，想想有多恐怖。

也許把這都當作玩笑吧，暫時還算有點精力與時間追逐，兩個星期內飛來飛去六個國家，從炙熱到冰涼。工作也是奢侈，累也是奢侈，真是玩笑。也因為這樣，在最後一站天氣好得不得了的倫敦，心血來潮再瘋一回，顧不了周末的擁擠，網上訂好機票和旅館，再飛一轉威尼斯，算是給自己兩個星期來的勞累的一回可能是更勞累的補償，還有兩個小藉口，老同學路過倫敦好作伴，今年的威尼斯雙年展還未閉幕。

倫敦希斯路機場快不行了，每經過一回就越叫人神經緊張。原來飛威尼斯不到兩個小時的航班，因為誤點，一延就是四個小時後才可以登機。與同行的兩位熟得不能再熟的老同學，傻了眼相望，也懶得安慰大家發掘什麼舊時景色什麼新話題，四小時白白蒸發，奢侈得殘忍痛快。

幾乎半夜才到威尼斯，憑著以前迷路超過十次的經驗，終於在窄巷中找到了小旅館，拿了鎖匙拿了地圖再上路去找入住的房子，反正夜了，不慌不忙的，還好。

威尼斯不陌生，也從來不因為她的過份擁擠而心生討厭。總會碰上好天氣，總會有舒適海風，總會有認識的不認識的伴，總會有道地美味海鮮菜

式，總會有繼續衰敗繼續維修的頹垣敗瓦出其不意的露出新舊顏色。每回到此，都享受，也告訴自己，這大抵就是我的能力範圍內的一種奢侈。

只有一個周末，目的明確看展覽場內的人造風景。威尼斯藝術雙年展隔年交替舉行，說起來已經變成了我每年來這裡的藉口，碰巧今年是第五十屆，以「夢想與衝突」（Dreams and Conflicts）為大展主題，理應是個盛會。可是在偌大的Giardini國家地區展館和船塢展場中走了一大轉，口乾而且肚餓，因為視覺和精神上，完全未能滿足，其實很失望。

是期望過高嗎？還是看破了動輒以藝術為名的虛偽相。盡眼看去多是自以為是的煞有介事的裝置藝術，用盡了種種物料媒介，勉強支撐住的是倉卒簡陋的概念與口號，也許我們日常存活的時代實在太倉卒太不堪，幾乎沒有人肯多花時間去組織去整理去消化沈澱，連對待藝術也慣用了即食即棄的手法，其粗糙其笨拙，有點像是中學生的課堂習作。站在Giardini展場義大利館的小閣樓上，無力無心情回應四周的簡陋，倒是深深的惦記起兩年前在同一場地看到震撼性的一連廿多幅各自高七尺闊十尺的大型油畫，題為Lepanto的戰爭系列，是我心儀已久的旅居義大利五十多年的美籍大師CY Twombly的傑作。

人面依舊，竟然桃花全非。兩年前那一個早上，天陰多雲，在完全沒有心理準備之下踏進這個閣樓，一下子圍住我的是斑斕奔放的能量十足的四時顏色。Twombly的作品一貫非具像，學者一時稱之「抽象表現主義畫派」（Abstract Expressionism），一時稱以「原始畫派」（Primitivism），反正隨心隨意，堪稱塗鴉一族的宗師，觀者如我，看得過癮就是。

忘不了第一次邂逅CY Twombly的作品，是許多許多年前學生時代在紐約Whitney Museum of American Art。當年一位唸繪畫的摯友知道我遊蕩到紐約，要我一定一定要去看Twombly的畫。我根本不知Twombly是誰，站在那兩三人高四五人寬的巨幅得有如教室墨綠黑板，塗滿白粉筆以及擦痕的作品面前，我是如此的驚訝與感動。

日常與非日常，理性與非理性，典型與非典型……我們其實都在事情的兩極範圍中遊走，某時某刻，尋找某個平衡。所以我最不懂得拒絕，總覺得一切也可以發生，也應該有足夠彈性。面前的潦草塗鴉，喚起的正是小時候的一種日常視覺經驗，只不過放到這偌大的畫廊空間中，又有了另一種觀感。是否於你有意義，就看你的心情和狀態。也因為是作者的肆無忌憚，塗鴉塗出一種既強韌又脆弱，既瞬逝又長存的詩意，塗出自己的一輩子的可供前瞻後顧的私家歷史，這樣說來，竟又是創作上的一種奢侈了。

CY Twombly本名Edwin Parker Twombly Jr，故鄉是美國南方維珍尼亞州Lexington，CY是他父親的一個渾名。Twombly早年在波士頓的藝術學院修讀藝術，在紐約碰上莫逆之交，另一位響噹噹的大師Robert Rauschenberg。受Rauschenberg的慫恿，Twombly轉學至North Carolina的黑山書院，又申請獎學金赴歐遊學，1952年第一次到義大利之後，他發現了他的第二故鄉。

一個美國人在義大利，一個南方人在南方，可以有太多的故事。更何況去國一晃就是五

十多年，娶的是出身貴族家庭的女男爵Luisa
Tatiana Franchetti，愛上羅馬，愛上遠古的神
話與歷史——歷史選擇了他，可以奢侈的開
始長達大半世紀的離群閒蕩。當他的友儕如
Robert Rauschenberg、Jasper John等人都選擇
在美國本土打拼揚名，他卻飄到聚光燈範圍
以外，保持若即若離，一向不太接受傳媒採
訪報導的他，其實是何等聰明與細心，他清
楚自己跑的是境外馬拉松，而且不是比賽。

這麼多年來忠心蒐集他僅有的雜誌採訪報導
和家居近照，最新在飛機上讀到的是美國W
雜誌一篇關於他在俄羅斯聖彼得堡Hermitage
Museum舉行大型回顧展的獨家報導。七十
五高齡的Twombly老先生罕有的願意上鏡，
白髮蒼蒼的他精神奕奕一臉自信，眉宇間看
得出童心未泯的機靈。身邊的一疊資料還有
各種各樣的八卦：他是現存大師級中從來不
用助手，選擇親自作畫的鮮有典範。他在羅
馬近郊以及那不勒斯北部沿海小鎮Gaeta都
有他的十七世紀別墅大宅，刷白的室內空盪
盪，一如他的大幅作品，總是留很多很多的
白。至於他對自己的畫在蘇富比拍賣競投出
五百六十萬美元的天價，被認定為現存藝術
家中第三富，他無動於衷。關於他的一直站
在背後的夫人Tatiana，他的同樣是知名畫家
的兒子Alessandro以及身為時裝設計師的阿
根延籍媳婦Soledad，都各自低調得精彩。

相對於本屆威尼斯雙年展的好些嘩眾取寵的
作品，Twombly的塗鴉經典明顯的傲視現世
超然物外。他幸福的不必熱衷參與大家樂此
不疲的追逐遊戲，選擇遠離人群卻沒有脫離
生活，堅持用最拙樸純真的線條與色彩，毫
不傲慢的自顧自私語。他來，是要告訴大
家，這叫做有時間，這叫做奢侈。

01. 比義大利人更認識了解義大利傳統歷史文化的
CY Twombly，無人懷疑他的前生不是神聖羅馬
帝國的子民。

02. 說不出那神奇魔術在哪裡——所以魔術真的神
奇！愛上先生的教室黑板塗鴉一般的作品，毫無
保留的一見鍾情。

03. 相對於他的大型繪畫系列，Twombly先生的雕塑作品較少曝光，1991年的石膏作品Thermopylae，分明也是他的塗鴉意象的立體演繹。

04. 位處沿海小鎮Gaeta的十七世紀別墅大宅，大大小小刷白了的房間內，就是這樣散落著大半生的個人歷史。

05. 老當益壯的Twombly還是充滿爆發力震撼力，生之放縱死之無懼交錯交流，2001年的無題3號，叫我在畫前感動不已。

06. 最愛登堂入室一睹人家的生活與工作，尤其是心儀的偶像的創作過程，更是千金難買的珍貴一課。

07. 羅馬羅馬，條條大道通往這裡，種種創作靈光
也從這裡迸發四射。

08. 義大利的好味道，相信Twombly先生最清楚。

09. 暱稱先生Twombly The Great，這位大帝同時也是
三歲稚童，創作一路歡聲狂語，奔放無慮。1984
年一幅題為Proteus的作品，看得人心花怒放。

10. 俄羅斯鮮有為當代藝術家策展的聖彼得堡
Hermitage Museum，為七十五高齡的Twombly
先生舉行大型回顧展，是對藝術家一生成就的
一個榮耀式肯定，不曉得他心底裡又怎樣不屑
這樣的冠冕光環。

**11.**

**12.**

延伸閱讀

www.labiennale.org

www.menil.org/twombly.html

www.abc.net.au/arts/visual/stories/
s424389.htm

http://home.sprynet.com/
~mindweb/twombly1.htm

魯仲連主編
在藝術中呼吸：
義大利博物館之旅
桂林：廣西師範大學出版社，2002

Barzini, Luigi
**The Italians**
New York: Atheneum Publishers, 1972

11. 一位是文藝復興時期的具象大師，一位是縱橫馳
　　騁當世的抽象巨匠，兩者間共通之處，就是把
　　生活活得詩意和神聖。也從容面對蒼茫和衰敗。

12. 別墅大宅房中依傍大大小小古老畫框，先生散
　　步在框框之外。

附錄一
# 義大利不是一天設計成的
二十四小時的設計史剪貼習作

羅馬，啊，他們說，不是一天建成的。

就算到羅馬遊玩，也絕不可能在一天內看完萬神殿、圓形競技場、巴拉丁山丘的古羅馬廣場，還有拉卡拉大浴場、君士坦丁凱旋門和維克多‧艾曼妞紀念堂；以至西班牙階梯和特拉維噴泉等等等等。更不要說那從來為人詬病卻一直都沒有改善過的市內交通，如果要順道參觀梵諦岡，親自感受聖彼得大教堂的儻人雄偉，細看西斯汀教堂米開朗基羅的壁畫《最後審判》，那可又再得花上另外兩三天。急，是急不來的，尤其是在義大利。

要看達文西的《最後晚餐》得在米蘭感恩聖母院前排上至少一小時；帕瑪基諾乳酪完全熟成需時大約十四個月；最好的 aceto balsamico tradizionale di modena 陳醋可得釀它三十至五十年；這裡從容不迫有的是時間，發生的一切當然並不因此而井然有序，卻倒是慢慢的混亂著，也亂出一番美好景象。

為了要為大家勾勒出義大利設計百年來從無到有的一頁歷史（對不起，真的不只是一頁歷史），我從書櫃裡從資料檔案架中搬出了堆疊起來比幾個人還高的書本雜誌和剪報，一不小心還把一整幢巨廈推倒傾塌，真正明白了挑戰歷史而終被歷史埋葬的恐懼。面前有從前上設計史課仔細讀過的「正史」，有後來好奇剪剪貼貼來的關於這個設計師那件產品的小道八卦，還有多年來蒐集收藏的義大利傢具燈飾產品目錄和宣傳品。那好一批內地出版的仔細詳盡的闡述義大利工業化、現代化以及廿世紀文化藝術的研究專書，那些每月每季都有所期待的圖文並茂的 *DOMUS*，*ARBITARE*，*CASA VOGUE* 期刊不定期刊……黑白彩色精裝平裝，單是平面的呈現已經龐大驚人，更不要說佔據我的小小房間各個角落的義大利傢具、燈飾、廚具、餐具、衣櫥裡的衣服配件、床枕被褥……義大利設計史不是書中的一頁乾巴巴的資料，她活潑跳脫就在眼前，一同呼吸。

編的不是教科書，也沒有專業資格和能力像老師一樣眉目清楚地把這麼厲害的義大利設計前因後果一一講得明白。這個球還是註定要踢給大家的，有興趣的趕快下場來玩。只是也在想，如果只給我一天，廿四小時內該如何再翻閱再消化面前這一疊有趣的材料，然後剪貼出一個依然可供參考的入門認路的大概？由於篇幅與版權的問題，本該圖文並茂的也只能以文本示眾，餘下的就是大家要去努力的補充練習。

在以編年順序整理出義大利設計發展的一個脈絡之前，必須先了解一下種種致使義大利設計可以性格鮮明地在國際間盡領風騷的背景原因——

## 是設計是藝術，都是生活

常常說義大利人有藝術細胞，細胞？這該留給生物學家破壁來研究。眾所周知，義大利有著悠久的文化藝術傳統，長期以來得到社會各個階層的認知熱愛和承傳重視。從建築到繪畫到雕塑到音樂到文學以至電影，從古羅馬帝國年代到文藝復興時期，從廿世紀二○年代的未來

主義藝術風潮，到五〇年代向國際現代主義運動的呼應，在動盪多變的政治狀態和經濟環境裡，社會整體對藝術的熱愛和追求還是一直延續。

藝術也不是什麼純粹的抽象的概念，也早就融合於日常的宗教生活與休閒生活當中。文藝復興時期傑出的全方位藝術家如達文西、米開朗基羅，就是把建築、雕塑、繪畫、機械發明，甚至醫藥等等知識修養融匯進生活的頂尖代表。重視傳統又企圖突破傳統的廿世紀藝術家和設計師，即使依然熱衷糾纏討論純藝術與商業設計的關係與分野，但對兩者皆從生活中來且必須回到生活中去，倒是早有共識。

義大利人對生活的熱愛，對家居生活環境和個人生活質素的高度重視，是義大利設計得以積極發展的一個「內部」需求。

## 設計發展背後的經濟結構

每個設計項目，到了開發、生產和行銷的層面，就不只是某某設計師三更半夜靈光一閃的純「創作」。義大利設計工業得以立足本土進軍國際，直接與義大利戰後經濟結構和經濟策略的變化特色與現代化的發展進程，緊緊相扣。

戰後義大利之所以能夠迅速復原實現工業化，創出經濟奇蹟，重要原因是國家的大力干預。政府於1948年決定接受美國的「馬歇爾計畫」，獲得31億多美元的援助，亦於1949年加入北大西洋公約組織，就是一個目的清楚方向準確的國策，旨在改變法西斯統治時期閉關鎖國的遺害，積極開放以吸收外資和外國先進技術。

其實早於戰前，義大利的鐵路及郵政部門已經由國家經營，三〇年代世界性經濟衰退當中，更有國家控股公司的誕生。戰後再加強的國家

干預，目的在改變國內因資本原始累積不足、私人資本匱乏薄弱造成的劣勢。所以從1933年成立的IRI（工業復興公司）到1953年創立的ENI（國家碳化氧公司），都是國家參與的龐大而複雜的企業集團，為私人資本和私人企業的發展創造了各種有利條件。諸如提供良好的基礎設施和優惠價格，保證能源供應、通訊設施等等，亦因此調節了經濟發展速度，協助私人企業整頓改造，補貼危機企業，開發國內落後地區，縮小南北地區經濟發展不平衡的差距。這種種宏觀調節與干預，最大的好處是支持了私人資本的發展，使國內企業可參與國際競爭，得以在國際市場上佔有位置，也樹立了義大利品牌在國際上的地位。

當然，與其他資本主義國家一樣，義大利國民經濟中佔據主體地位的還是私人企業，尤以家族為基礎的中小企業，諸如紡織、服裝、製鞋、家具、首飾、食品等等，而且更逐漸發展成某些產業高度集中於某一地區的特點。

義大利家族中小企業得以蓬勃發展的原因，從歷史上看，是因為國家長期分裂，難以開展資本主義自由競爭，企業兼併的條件及機會不多，壟斷意識也不強烈，及至戰後有國家引進外國資本，有不少也直接投資在私人的中小企業中，沒有刺激催生大型企業形態。近數十年，隨著各種工業技術的進步，生產結構越見複雜細分，中小企業承包某些組件的生產過程，也不需要太大規模的設備。市場上出現了不少以知識為基礎、以無形資本為主體的新行業（設計創意服務就是其中一項），亦以其小規模的靈活彈性得以在市場上立足取勝。這些獨立經營的企業單位，一般都沒有工會組織，更容易在危機面前協調勞資關係，容易達成「家庭式」同舟共濟的共識。更重要的，當工業越發達，人們卻越留戀傳統的手工業產品，從服

裝到皮革到金銀首飾到家具家用品，大家都相信中小企業生產的「手工」品質，而義大利設計產品中所有品牌，除了汽車工業中某些大牌如 FIAT 以外，幾乎全部以中小企業的模式營運。

隨著歐元推出，世界經濟全球化等等結構性的改變趨勢，義大利的國家公有企業也在近年進行大規模的減肥瘦身，開始出售股份，走向私有化，以嶄新面貌參與越見激烈的國際競爭。作為中小企業一份子的設計團隊，也在新一波的變化中，積極重整資源和計劃部署，以爭取繼續保持國際設計舞台上的主角地位。

## 設計專業的獨立性和實驗性

義大利作為一個設計「大國」，長久以來卻出奇的沒有一家國立的設計學院，著名的 DOMUS ACADEMY 也只是由 *DOMUS* 雜誌延伸發展出來的私營的設計研究中心。大多數現今在國際設計壇舉足輕重的義大利設計老將新秀，在學時期接受的都是建築專業的訓練。這些準建築師們在這個認定建築是藝術之首的理念下，畢業後投身室內設計、傢具設計、燈飾設計以至時裝設計，從 Castiglioni 兄弟到 Antonio Citerrio 到 Fabio Novembre，從 Massimo Iosa Ghini 到 Romeo Gigli 到 Giafranco Ferre，都是專業建築師出身，都能夠全方位的考慮設計品在日常生活時空異變中的身份和位置。

有別於德國設計訓練和操作中的高度準確，統一控制以至引來疏離冰冷非人格化的非議，義大利設計從來強調的是個人化藝術化的表現：熱情、感性、詩意，不以教條理論指引卻訴諸敏感直覺。也因為這種創作特性，設計師多以獨立創作的身份成立自家工作室，替各大生產廠商作設計顧問，在協商合作的關係下與廠商負責的技術支援和行銷部門溝通，爭取和保持了最大的創作自由度和靈活性。大半個世紀以

來，成就了一批既是實力派也是偶像派的義大利設計巨星，發展出相互扶持承先啟後的一個積極樂觀的設計傳統。

即使是以個人為基本創作單位，但這群受過建築專業訓練亦有通識人文素養的設計師，經常以全才的文藝復興人自居，在不同年代都自發組織起前衛的實驗性的建築設計理論和實踐團體，以挑戰抗衡因循保守停滯不前的主流社會生活美學價值標準。從三〇年代的 Gruppo7 七人組；六、七〇年代的 Archizoom、Superstudio 和 Studio Alchimia，及至掀起後現代風潮的八〇年代的 Memphis 團隊，都一直刺激著更新建築及設計的創作理念和方向。幾十年來一直是前線主將的 Ettore Sottsass、Andrea Branzi、Gaetano Pesce 等等更是身體力行的實戰派，以其前衛先行的創作豐富和提昇了義大利設計的先鋒榜樣地位。

## 紮根本土面向國際

從整體貿易關係來看，由於義大利所需能源的百份之八十以及工業的原材料都依賴從國外進口，迫使國內必須大力發展對外貿易以換取大量外匯，而在這些出口創匯的品牌中，時裝和紡織品是第二大部門，皮革製造業是第三大部門，首飾珠寶、玻璃器具、傢具燈飾以至汽車設計，都各佔一個重要的位置。能夠在市場上與其他國際品牌競爭取勝的一個主因，就是標榜其傲人的義大利設計。

賴以生存的需要接合上獨特創意的發揮，義大利設計團隊中一方面有本土訓練的優秀的設計師，從祖師級的 Gio Ponti 到新秀 Fabio Novembre 幾代人才濟濟，但同時也吸引了從四面八方匯聚而來的菁英，諸如日籍的 喜多敏行 (Toshiyuki Kita)，蒼松四郎 (Shiro Kuramata)，來自德國的 Richard Sapper，來自英國的 Perry A-

King 及 Geroge Sowden，來自西班牙的 Particia Urquiola，來自法國的 Natelie du Pasquier，都長期以米蘭為工作據點，為義大利設計注入了國際質感，加上為眾多義大利設計品牌所捧紅的國際級設計巨星如 Philippe Starck、Tom Dixon、Jasper Morrison、Marc Newson 等等，都一直與義大利設計圈保持緊密和良好的合作關係，所以一談到義大利設計就等於展示了世界頂級設計成果，盡領風騷。

除了每年定期在義大利國內各大城市舉辦的無數時裝秀、傢具展燈飾展、珠寶首飾展、汽車展以至家用品展，向海外買家展示義大利設計的最新動向，更有學術意義的米蘭設計三年展（Triennales di Milano）、威尼斯雙年展的國際建築大展（Biennale di Venezia）、佛羅倫斯時裝雙年展（Biennale di Firenze）……，都是有心有力的設計文化的盛會。加上義大利最大百貨業者 Rinascente 舉辦的「金圓規設計大獎」（Campasso d'Oro）以表彰每年傑出的設計產品，義大利政府亦積極在國外舉辦推廣義大利設計的大型展覽和巡迴宣傳，致使義大利設計文化一直高姿態的影響著國際設計潮流。

簡要的列舉分析過義大利設計成功之背後要因，這裡也嘗試勾勒一下百多年來義大利設計中從無到有的一個發展歷程，粗略籠統的分作五個時期只是方便入門問路，仔細探究下去其實有無數精彩的創意原則態度，都是很有價值的參考和啟發，絕對需要大家親身親近。

## （一）從統一走向現代

政治上處於四分五裂，長期受外族統治，城市國家工商業極度衰落，工業化遲遲未能開展推進……義大利在 1871 年統一之前，可算是個爛攤子。

國家統一初期，全國百分之六十的人還是農民，只有小規模的手工業作坊提供基本的生活需要：紡織、陶瓷、玻璃和傢具家用品的創作都保留了優良手工藝傳統，這種堅持甚至跨越廿世紀一直成為義大利設計的當代特色。

隨著鄰近歐洲各國的工業革命迅速發展，民生質素不斷提昇，義大利政府意識到必須加快基建步伐以求在與別國競爭的同時也能扭轉國家弱勢。國家投資參與了電力，汽車工業，鐵路和船舶工業的經營，工業機械的普及也直接服務於傳統的手工業產業，刺激了生產速度和生產規模。

在經濟迅速發展的這一個時期，製造商開始發覺可以利用設計來為國內新的中產階級市場開發產品，也可以在國際市場上打響名聲及確立形象，從 1881 年米蘭舉辦的「米蘭國家展覽會」到 1902 年的「都靈國際展覽會」，從國家到國際，從展示巴洛克和洛可可的傳統裝飾風格到展示自家的新藝術風格（Art Nouveau），義大利的現代設計進入了萌芽期。

## （二）戰火中的現代傳統

電氣化的普及，鋼鐵工業的發展，迅速影響一切交通工具的設計生產，從火車、船舶、汽車、自行車、摩托車到飛機，都既實在又象徵的代表了前進的「速度」。其他家居生活用品和辦公室設備諸如咖啡機、打字機及金屬傢具的生產模式和成品質素，都直接受惠於鋼鐵工業技術的開發。

在義大利設計發展史上佔有經典位置的幾家重要生產商都在此時期創立，當中包括由一群前裝甲兵軍官在 1899 年在 Turin 創辦的汽車生產商 FIAT，1905 年創立的汽車生產商 LANCIA，由 Camillo Olivetti 於 1908 年創辦的打字機公司

OLIVETTI 以及在 1990 年創立的高檔汽車生產商 ALFA ROMEO。

無論是 OLIVETTI 的領導人 Camillo Olivetti 還是 FIAT 的總裁 Giovanni Agnelli，都明顯的從當年美國的產品設計造型手法和生產模式中吸取大量靈感和經驗。OLIVETTI 在 1911 年生產的造型簡單摒棄裝飾的全黑 MI 型號打字機，被認為是類似美國福特車廠的 "T" 型車式的產品，而 FIAT 在 1915 年開發推出的面向中產市場的 Zero 經濟實用型車，也是公司總裁在美國取經回來後的構思成品。至於 LANCIA 在 1933 年推出的由著名汽車設計師 Pinin Farina 設計的 Aprilia 轎車，分明就是其時風行美國的流線型設計的一個嬌小而高貴的版本。

在傢具和燈飾設計方面，響應國際現代主義建築設計理論，義大利有自家的稱作 "Rationalism" 的理性主義。以鋼管結構為靈感來源的設計作品比比皆是，從 Piero Bottoni 的極似工業豎琴的鋼管扶手椅 Liva 到 Luciani Baldessari 的儼如抽象雕塑的 Luminator 鋼柱地燈，都是對工業新世代理性主義的有力呼應。加上藝壇上的未來主義藝術運動的影響，強調現代動力學的先鋒派的表達方式，都直接反映到設計語言當中。

德高望重、被奉為義大利建築設計旗手的 Gio Pionti，在這個時期除了參與了大量的建築，傢具燈飾和生活器物的設計製作，還於 1928 年創立了著名的 *DOMUS* 雜誌，推崇清新簡練的設計語言風格，鼓勵設計從業者要發展出有義大利特色的既繼承傳統又結合當代的設計手法。雜誌一出刊便備受注目，也迅速發展成有領導潮流地位的專業期刊。

當然廿世紀初也是戰亂頻繁的年代，兩次大戰當中，義大利的國內政局風起雲湧，特別是從

1922 年以墨索里尼為首的法西斯政權上台，表現出極端的民族主義及極權主義，野心建立「大義大利帝國」，同時為了使國民經濟服從於對外擴張侵略的需要，採取了閉關鎖國政策，壓縮外貿、限制外國投資，直接破壞了正在穩定發展的義大利設計產業。墨索里尼在執政最初一度推崇理性主義的建築風格，建築師 Giuseppe Terragni 在 Como 的法西斯黨部大樓（Casa del Fascio）是理性主義和功能主義的精彩傑作，但發展下來，理性主義和功能主義當中體現出的民主思想與法西斯觀念有基本衝突，執政的法西斯主義者亦轉向了紀念碑式的新古典主義。

## （三）重生的奇蹟

第二次世界大戰給義大利帶來毀滅性的破壞，幾乎一切都在戰火中化為灰燼。一向熱愛生活的義大利人能否在戰後迅速站起來，是全世界關注焦點。

戰後重建馬上展開，首先帶來的是建築及傢具工業的蓬勃，「讓每個人都有一個家」是其時有理想抱負的建築師和設計師的努力目標。在解決了基本的居住條件設備供應之後，一種中產的對美好新生活的響往和消費品味逐漸形成。美國現代傢具設計師如 Charles Eames、George Nelson、Harry Bartoia 等人的現代傢具作品，鼓勵著義大利同行在設計材料和造型上的革新。合板、金屬以及塑料開始被大量利用，除了 Gio Ponti、Fiero Fornasetti 等人遊走於古典趣味和超現實想像的身體力行之外，來自 Turin 的建築師 Carlo Mollino 設計有帶著性感情色趣味的有著柔美女體線條的桌椅；Osvaldo Borsani 替生產商 Tecno 設計有可調整成床的多功能沙發組合 P40；Gino Columbini 也為成立不久的專門研發塑料生產技術的 Kartell，設計了好一系列精美的塑料廚房用品；律師出身的 Paolo Venini 也

廣邀建築師和藝術家為其玻璃作坊Venini設計高檔新穎玻璃器皿用具；還有Marco Zanuso設計的造型科幻的手提縫紉機Mirella；加上那透過電影《羅馬假期》在全球造成瘋魔熱潮的、由直昇機設計工程師Corradino d'Ascanio為Piaggio摩托車廠設計的Vespa小綿羊；甚至Olivetti打字機的色彩鮮明斑爛的平面廣告……都一一構成了義大利在這個經濟起飛奇蹟再臨的年代的設計面貌，所謂的「義大利線條」開始出現在國際設計消費市場當中。

也就是在這個時期，米蘭百貨業鉅子、LA RINASCENTE百貨公司的擁有者Romualdo Borlette在1954年設立了金圓規獎，以獎勵每年有創意有技術突破的產品設計，成為一個設計界最高榮譽指標。

隨著FIAT的500 Nuova型小汽車在1957年投入生產並廣受消費大眾歡迎，OLIVETTI的Lettera 22第一台手提式打字機的出現，馬上成為美國現代藝術博物館的收藏，義大利設計工業已經發展進入一個成熟的狀態。

## （四）反叛中成長

戰後義大利經濟奇蹟成果，現在除了可以在博物館專題展覽廳內一睹當時大量生產的冰箱、洗衣機、電視機以至汽車，也可以在導演費里尼的《甜美生活》(La Dolce Vita)中感受一下。

比起其他發達的工業國家如德國、美國，義大利的生產技術亞非一流，但也因此更強調了高超的設計水平，產品繼續在國際市場上穩佔重要位置，代替了北歐設計的溫暖純樸的家庭文化，卻以亮麗的高檔的藝術品味超前領先。就以當時研發得最蓬勃最成功的塑料為例，新的化工技術導致新的美學觀點出現，義大利設計師們在充分利用了塑料「能屈能伸」的特性的

同時，也成功地避開了它平庸低廉的感覺，以奇特多變的造型和豐富的顏色，俐落的贏得了消費者的認同。從廠商TECHO的Graphis組合式辦公室傢具，到Joe Colombo為KARTELL設計的model 4860疊椅，還有Ettore Sottsass為OLIVETTI設計的紅色塑料外殼的Valentine打字機，都是又叫好又叫座的劃時代塑料設計。

塑料設計產品大出風頭之際，由Richard Sapper及Marco Zanuso替BRIONVEGA公司開發的一系列電視機和收音機產品也叫人眼前一亮。從義大利第一台全晶體管電視機Doney 14到手提式電視Algol 11，從TS 502折疊方體收音機到超酷黑盒電視Black 201，都再一次證實了「義大利線條」(Italian Line)的優越過人。

隨著六○年代中期義大利國內開始的經濟衰退、通貨膨脹和失業的情況越見嚴重，自1968年始，國際上一波又一波的學生和工人的遊行示威也引起義大利境內學生的響應。各大城市的建築系學生在示威活動中表現得特別活躍，他們不滿付了昂貴學費卻在畢業後苦無工作，亦同時挑戰同行前輩們為了設計在國際市場上吃得開的「好品味」，而喪失了早期的先鋒精神。加上其時由安迪沃荷倡導的POP藝術觀念開始在國外流行並影響到建築和設計領域，一向反應敏銳的義大利設計師們也以創作回應。

1966年在佛羅倫斯成立的兩個激進建築師組織"SuperStudio"和"Archizoom"，舉辦了一次名為"Superarchitecture"的宣言式展覽，描繪了一個希望通過建築改變世界的烏托邦理想生活方式，以「反設計」(anti design)的精神，挑戰日漸因循的主流好品味。

從Castiglioni兄弟富有達達主義意味的舊物再用

的設計——Mezzadro拖拉機單椅、Allunaggio登月車單椅到Lomazzi，D'Urbino & De Pas為ZANOTTA設計的超大baseball手套皮沙發和經典充氣透明塑膠椅Blow，還有Gatti，Paolini & Teodoro的豆袋躺椅Sacco，Gaetano Pesce的壓縮塑料拆封後還原作豐滿女體沙發的Up系列，一一都是當年激進的反設計的先鋒。

## （五）當激進成為主流

八〇年代序幕一開，以Ettore Sottsass為首的Memphis設計團隊打響第一炮，轟轟烈烈地掀起了一場後現代主義設計風潮。

1981年9月Memphis團隊的首次展覽會中，那些分別由創始團員設計的色彩愉快亮麗、造型奇特、物料意想不到的充滿嬉戲童心傢具和日用品，叫參觀者欣喜若狂。畢竟被多年的高貴好品味悶久了，大家都由衷地擁抱這一種出軌。

Memphis的前身是Alchymia設計工作室，負責人Alessandro Guerriero與參與者Alessandro Mendini、Ettore Sottsass等人在懷疑那些大量生產的好品味的同時，也不滿足於只設計孤高的為展覽會而製作的單項。他們都在探索讓這些概念性的文化作品可以結合日常生活，作為傢具家用品打開市場。在經歷了種種理念的爭辯交流後，Sottsass離開了Alchymia，也很偶然地集合起一群年輕新銳如Michele de Lucchi、Aldo Cibic、Matteo Thun、George Sowden和Nathalie du Pasquier等，連同理論老將Andrea Branzi，組織起Memphis團隊，繼續離經叛道，同時仔細計算。

義大利的整體設計氛圍，已經成熟地可以吸收容納各種聲音，所以緊接著Memphis的後現代

理念主張，很多主流設計生產團隊亦步亦趨地承接過來，推出了許多帶有實驗意味的作品：CASSINA出品的一系列Gaetano Pesce的拼合式沙發，DRIADE出品的由Antonia Astori設計的Aforismi儲物組合，Aldo Rossi有如微型建築的Cabina dell' Elba衣櫥，以至廣為消費者熟悉的ALESSI餐具廚具，ARTIMIDE燈飾都是前衛實驗設計精神結合主流消費生產模式的一次又一次的成功嘗試。

經歷了八〇年代異常蓬勃的「設計先行」的現實，九〇年代及至跨越廿一世紀這十多年間，設計已是全球消費生活中一個普及的文化現象。沒有一項生活產品不強調它經過「設計」，這個附加值的群眾反應及經濟回報也一再受到考驗。九〇年代中，義大利設計生產商更積極吸納國際設計人才。CAPPELLINI、DRIADE、MAGIS、KARTELL等等品牌捧紅了一代又一代的來自法國、英國、荷蘭、德國和日本的設計新秀，為設計界的「全球化」製造新鮮話題。面向風雲突變的國際政治氣候，更多元更開放同時競爭更激烈的全球化經濟現狀，義大利設計也必須不斷地重新調節定位，在穩固其領導地位的同時，繼續能夠提出原創的前瞻性的理念和創作，再一次向世界宣告，義大利不是一天設計成的。

百年歷史前因後果，短短二十四小時剪輯拼貼為薄薄幾頁，無論說得如何認真嚴肅也會叫人帶幾分疑惑。也正因為過去跟未來竟然一樣可疑一樣不可知，現在就更必須好好的感受好好的用心生活了。從義大利的設計發展經驗中得到的任何啟發，都應該成為你我創作生活中的一些參考一些激勵，交流互動，也就有了意義。

附錄二
義大利設計 A-Z

| | | |
|---|---|---|
| Abitare | B & B Italia | Casa del Fascio, Como |
| Abstract Expressionism | Baldessari, Luciano | Casabella |
| Aceto Balsamico | Baleri Italia | Cassina |
| Acerbis | Basilico | Cassina, Cesare |
| Agape | Bellini, Mario | Castiglioni, Achille |
| Agnelli, Giovanni | Bernini | Castiglioni, Livio |
| Albini, Franco | Benetton | Castiglioni, Pier Giacomo |
| Alessandro dell'Acqua | Bertolucci, Bernardo | Ceccotti |
| Alessi | Biennale | Cerruti 1881 |
| Alfa Romeo | Bisazza | Chianti |
| Alias | Boccaccio, Giovanni | Cibic, Aldo |
| Ambasz, Emilio | Boffi | Cinecitta |
| Anastasio, Andrea | Botticelli, Sandro | Citterio, Antonio |
| anti-design movement | Bottoni, Piero | Clemente, Francesco |
| Antonioni, Michelangelo | Branzi, Andrea | Colombo, Joe |
| Arad, Ron | Brianza furniture industry | Columbini, Gino |
| Arcade | Brionvega | Compasso d'Oro awards |
| Arcimboldo, Giuseppe | Buonarroti, Michelangelo | Constructivism |
| Artemide | Bvlgari | Cordero, Toni |
| Arflex | Calvino, Italo | Corso Como |
| Archigram | Campari | Costume National |
| Archizoom | Cannoli | Covo |
| Arflex | Campeggi | Crostini |
| Armani, Giorgio | Cappellini | Dada |
| Arteluce | Cappellini, Giulio | Danese |
| Artemide | Cappuccino | Dante |
| Asti, Sergio | Caravaggio | D'Ascanio, Corradino |
| Astori, Antonia | Carpaccio | De Chirico, Giorgio |
| Astori, Miki | Caruso, Enrico | De Lucchi, Michele |
| Aulenti, Gae | Casa Vogue | De Padova |

# 就是al dente

端上來的義大利麵如果不是al dente，寧可不吃。

要飽要餓，是自己的事，不會影響別人——當然我還是會建議你，如果不是al dente，不要吃。

Al dente，就是麵條咬下去的那種咬勁和口感，絕對不能軟趴趴的，以一根7號的義大利麵為例，外身熟了軟了，折開來麵心中間最後一點還該有點生，才吃得出優質durum硬粒小麥粉那一種獨有的清香。個人的偏好是寧硬免軟，烹煮麵條的時候需要很熟練很準確，鍋中放多少水，下多少鹽，時間該如何掌握，然後才能達致al dente，這是義大利人最基本的也是最重要的飲食/生活/做人的原則和態度。

當你已經愛上這種咬勁，當你已經遠離我們曾經習慣的幾乎煮得糊作一團的軟得不像樣的一堆，你已經比較接近真實的義大利。

義大利菜太好吃，真的很難很難堅守半飽——又貪吃又怕胖的我，自然樂意把面前一盤又一盤的美味，努力分給與我同桌的攝影師小包、設計製作阿德、海峽兩岸管家團隊H、T以及M。飽與半飽之間，還喝了點chianti葡萄紅酒，微微醉，大家高興。

一路吃下來，吃出了一點方向感和責任感，也更覺得要把這好吃的跟大家分享，停不了，就是這樣。

應霽　2004年1月

**國家圖書館出版品預行編目資料**

放大義大利／歐陽應霽著；—
初版. — 臺北市：大塊文化，2004 [民93]
面： 公分. — ( home：4 )
ISBN 986-7600-36-3 (平裝)

855                              93000059